Was nicht geschah

Timo Kölling

WAS NICHT GESCHAH

Erzählungen

Geschrieben 2012-2014

Herstellung und Verlag: BoD – Books on Demand, Norderstedt.
ISBN: 9783748126621

DREISSIG

»Ich möchte nicht, dass das so ist.«

Das Kind hatte sich von der Hand der Mutter gelöst, ohne sich direkt loszureißen, und war einige Meter vorausgelaufen. Dann sprach es seinen Satz. Es sprach ihn deutlich, laut, fest, ohne zu schreien. Es sprach ihn ohne einen Ton des Jammerns oder, wie es bei Johannes daheim immer geheißen hatte, des »Beleidigtseins«. Eine wie bereits bewältigte Trauer lag darin, die trotzdem dauern würde, lange, und sich nicht abfinden würde mit Erklärungen, geschweige denn Vertröstungen.

Es war die Trauer.

Was hieß aber, angesichts der Unversöhnlichkeit, um die es sich offenbar handelte, das Wort »bewältigt«? Johannes wunderte sich, dass es ihm im Zusammenhang mit dem Kind eingefallen war. Gewiss hatte er nicht nur Eigenes in seine Wahrnehmung hineingelegt (was aber egal gewesen wäre, da sich diese Dinge, das Eigene und das Wahre, ohnehin nicht voneinander unterscheiden ließen). Jetzt stand das Kind da und wandte sich um wie träumend, nachdem es für einige Augenblicke auf die zwischen zwei Häusern sich öffnende Fläche geblickt hatte. Unkraut wucherte dort, eingefasst von höherem Gestrüpp, hinter welchem der Wald anfing, unansehnliche Buchen mit hohen, kahlen Stämmen. Das Kind tat einen Schritt auf die Mutter zu, blieb wieder stehen. Nur an der langen, dunklen Haarsträhne, die unter der bunten Strickmütze hervorschaute und ins Gesicht fiel, war zu erkennen, dass es sich um ein Mädchen handelte; der rote Anorak, die blaue Hose, die braunen Winterschuhe hätten auch von einem Jungen getragen werden können.

Erst jetzt hatte Johannes, der zügig gegangen war, seinen Schritt aber verlangsamt hatte, als aus der Mütze vor ihm der Satz gekommen war, die Mutter eingeholt. Von der Seite sah er ihren finsteren, weder auf ihn, dessen Herankommen sie gehört haben musste, noch auf das Kind gerichteten Blick; er wusste gleich, dass es der Satz des Mädchens gewesen war, was das Gesicht der Mutter so finster gemacht hatte. Ihre Arme hingen so schlaff herab wie ihre Mundwinkel; kurz und hilflos zuckten die Schultern.

Johannes grüßte nicht, dabei grüßte er sonst immer.

Er hatte sich das Grüßen noch immer nicht abgewöhnt, obwohl es hier selten erwidert wurde. Wie oft hatte er sich schon mit Clara gestritten, wenn er sich wieder einmal über einen Grußlosen, Grußunwilligen, Grußunfähigen ärgerte. Denen schnitt er gerne Grimassen, oder er wiederholte sein »Guten Tag«, so dass es aggressiv klang, ein Vorwurf. Manchmal, wenn das Exemplar ihm besonders widerwärtig vorkam, rief er ihm ein Schimpfwort nach. Nun war er selbst solch ein Grußloser (die Frau grüßte freilich ebenfalls nicht) und beschleunigte seinen Schritt wieder, ohne herausgefunden zu haben, was für den Satz des Kindes der Anlass gewesen war. Er wollte nicht neugierig wirken und hatte schon etwas zu lange, etwas zu auffällig die Szene beobachtet.

Auch würde sich jetzt nichts mehr tun. Das Kind blieb für sich, die Mutter blieb für sich; undenkbar, dass zwischen ihnen jetzt eine tröstende Berührung stattfände oder auch nur ein weiteres Wort gewechselt würde. Die Straße machte eine Rechtskurve; bald fing, hinter einer alten, schäbigen Schranke aus Metall, der die Siedlung säumende Waldweg an.

Es war Mitte Januar. Noch immer hatte es keinen Schnee gegeben, auch wenn es jetzt kalt genug dafür war. Ja, heute roch es nach Schnee. Ein Mann kam aus dem Wald und verzog nur den Mund, als Johannes »Guten Tag« sagte.

»Maul auf, Arschloch!«

Mit Clara hätte es jetzt Streit gegeben, das war klar. »Lass die Leute in Ruhe!«, hätte sie in ihn angeschrien, und dann vielleicht belehrend hinzugefügt: »Jeder lebt heutzutage in seiner eigenen Welt, hat seine eigenen Probleme«.

Er zog eine Grimasse, die ihr galt, der klugen, emsigen Clara, die jünger war als er, aber ihr Studium bereits abgeschlossen hatte. Jetzt arbeitete sie für eine Zeitung und war stolz darauf, als wäre es etwas besonderes, blöde Artikel über lächerliche Theatervorstellungen, alberne Musikkonzerte und schlecht besuchte Lesungen von selbstverliebten Buchautoren zu verfassen. Es war die Hampelmannwelt, Clara fühlte sich darin wohl.

Blöde Clara, dachte er jetzt und kicherte. Lächerliche Clara. Wie albern du aussiehst, wenn du glaubst, dich schick gemacht zu haben mit deinem blöden blauen Jäckchen zum blauen Rock. Höhnisch wiederholte er in Gedanken das Wort »schick«.

Gewiss hatte sie bereits mehrfach versucht, ihn anzurufen. Heute, an seinem Geburtstag. Dreißig. Versucht, ihn anzurufen, obwohl er ihr deutlich gesagt hatte, dass er an diesem Tag allein sein und niemanden sprechen und auf keinen Fall angerufen werden wollte. Auch die anderen würden längst versucht haben, ihn anzurufen. Die Großmutter.

Warum hatte er das Handy nicht zuhause gelassen?

Es steckte, auf stumm geschaltet, in der Jackentasche. Johannes spürte einen leichten Würgereiz, der vielleicht nur eingebildet war, aber er wollte ihn sich einbilden. »Bald bist du dreißig und hast es zu nichts gebracht«, hatte die Großmutter einmal gesagt. Da war er erst siebenundzwanzig gewesen und hatte Clara noch nicht gekannt. Vielleicht ist er schwul, hatten damals alle gedacht, und als die Schwester (die es Johannes gleich weitererzählte) die Großmutter fragte, ob sie fände, das sei schlimm, hatte die alte Kuh bloß genickt und ein betroffenes Gesicht gemacht.

Es gab Tage, an denen fand er Clara abstoßend. Nie würde er mit ihr zusammenleben können. Er war froh, hier am äußersten Stadtrand in seiner schmutzigen, aber billigen Wohnung zu hausen, während Clara Wert darauf legte, ein kleineres, aber ordentliches (wie sie es nannte) Zimmer in der Altstadt zu haben. Sein nutzloses Philosophiestudium, das entschied Johannes jetzt, würde er abbrechen. War es eine Entscheidung? Nein, er wusste es einfach.

Es war höchste Zeit. Arbeiten gehen, etwas möglichst einfaches. Auf alle und alles scheißen.

Er nahm das Handy aus seiner Jacke. Siebzehn Anrufe in Abwesenheit, und eine SMS von Clara: »Nimm endlich ab, Blödmann!« Das Blut schoss Johannes in den Kopf. Er schaltete das Gerät aus und warf es in hohem Bogen in einen schlammigen und, wie er vermutete, recht tiefen Tümpel. Das Plumpsgeräusch hatte er sich lauter gewünscht, aber es befriedigte ihn auch so.

Ein Handy brauchte er jetzt nicht mehr; es war egal. Ein neues Leben hatte begonnen.

Niemandes Hampelmann mehr sein. Der Auszug aus der Hampelmannwelt. Johannes lachte.

Wie egal alles war. Gerade noch hatte er geglaubt, vor Zorn platzen, vor Ekel ersticken zu müssen, jetzt freute er sich, allein zu sein und nichts zu tun, als hier zu gehen (auf den Schnee zu, denn noch heute würde es schneien).

Er sah das Kind wieder vor sich, wie verloren es dagestanden war. Verloren? Ja, verloren und unheilbar einsam. Es war allein gewesen, vielleicht vom ersten Tag an. Es war aus dem Körper der Mutter gekommen und allein gewesen.

»Das neue Leben« …

Johannes lachte schrill auf.

»Ich möchte nicht, dass das so ist.«

Er sagte den Satz des Kindes vor sich hin und wunderte sich, wie genau er den Ton getroffen hatte. Dann fasste er einen anderen Plan, oder der Plan fasste sich selbst.

War es überhaupt ein Plan? Eine Gewissheit eher, oder einfach nur ein Bild, das sich gerade erst vor ihn geschoben hatte. Jetzt galt es bereits, dieses Bild, als hätte es schon immer gegolten.

Es war eine Tür, deren Schwelle er gleich betreten würde. Hinter der Tür lag eine Schneelandschaft. Hügel breiteten sich, so weit das Auge reichte, und leuchteten weiß im blauen

Vorabend. Welle türmte sich auf Welle, immer gläserner. Diese Landschaft war ein unzerstörtes, unzerstörbares Sein, und er, namenlos, würde Teil davon werden, reines Element, für immer.

Schon stand er auf der Schwelle. Ein Schritt weiter, und die Tür würde verschwinden, nur noch das Bild wäre da, es gäbe keinen Weg zurück.

Tatsächlich hatte es aus schwarzen Wolken zu schneien angefangen, zunächst leicht, dann immer heftiger. Der Schnee blieb liegen, es dauerte nicht lange. Johannes spürte keine Kälte, setzte nicht einmal die Kapuze seiner Winterjacke auf, ihm war, als wärmten ihn die Flocken. Die Stadtrandsiedlung hatte er längst hinter sich gelassen, er trat jetzt auf der anderen Seite des Waldstücks auf einen freien Hügel, unter dem unsichtbar die in das dichte Schneegestöber gehüllte Ebene sich breitete.

Viele kleine Pfade führten hier in die an dem Hang gelegenen, kaum eingezäunten Gärten, in denen Wein angebaut wurde und Obstbäume standen. Eine Baracke aus Backstein war leer und eignete sich als Unterstand. Im Sommer wurden hier vielleicht Heu und Geräte aufbewahrt.

Der Schneefall war so stark geworden, dass es war, als wäre die Welt von einer weißen Wand verschluckt worden. Johannes hörte in der Nähe einen dumpfen Schlag, als wäre ein schwerer Gegenstand umgestürzt. Jetzt erst bemerkte er, dass die Wärme in seinem Gesicht nicht von den Schneeflocken kam, sondern von seinen Tränen.

Wie lange weinte er schon? Er wusste es nicht.

Die weiße Wand stürzte ein; er schrie; hier hörte es niemand. Er kauerte sich auf den Boden.

Befand er sich noch auf der Schwelle? Er wusste es nicht, begriff nichts, wehrte sich nicht. Die Kraft, die ihn anzog, stieß ihn zugleich zurück; ihm blieb nichts, als zu warten.

Abwarten. Das Weinen hörte nicht auf.

Es dauerte lange. Dann verließ Johannes die Baracke.

Er löste sich, ohne sich direkt loszureißen, wie von einer Hand. Es war bereits dunkel geworden; keine Wolke war mehr am Himmel; über ihm standen als neues Gesetz die Sterne. Als hätten sie bisher nicht gegolten, und vielleicht hatten sie es nicht.

Der Schnee lag hoch. In der Ferne leuchteten weiß die Hügel unter dem letzten roten Streif des Sonnenlichts. Noch fernere Höhen, Wellen wie aus Glas, wurden darin kenntlich. Es war ein Spiel.

Der Plan hatte sich wieder geändert, Johannes ließ es geschehen.

Der Weg in die Stadt war weit, es würde strengen Frost geben.

Als Clara, Stunden später, die Tür öffnete, bemerkte Johannes, wie schön sie war. In ihrem Blick lag kein Vorwurf, nicht einmal eine Frage.

»Wie gut, dass du mir heute nicht verloren gegangen bist«, sagte sie.

NULLPUNKT

Das erste, was ihm begegnete, als er am frühen Morgen das Haus verließ, um in die andere Stadt zu gehen, für immer, war das Glück. Es begegnete ihm als ein Körper. Es war nicht der Körper einer Person, eines Tieres, eines Engels, nicht der Körper eines lebendigen, ob real existierenden oder nur eingebildeten Wesens. Es war der Körper eines Bildes, in das er einzutreten hatte, jetzt.

Der Eintritt in das Bild würde endgültig sein, unwiderruflich, wie auch der Gang in die andere Stadt ein endgültiger und unwiderruflicher sein würde, ohne die Möglichkeit einer Rückkehr.

Das Bild war keines, das eigens hatte zu erscheinen brauchen. Es schob sich nicht als ein Anderes vor die Dinge, und erst recht handelte es sich nicht um das, was die Leute eine Erscheinung nannten, etwa, wenn der Geist eines Verstorbenen sich ihnen offenbarte, oder wenn sie Zukünftiges zu sehen behaupteten wie manchmal verwirrte alte Frauen auf dem Land. An solche Erscheinungen glaubte Philipp nicht. Was ihm an diesem Märzmorgen begegnete, während seine Eltern und seine Schwester noch schliefen, ohne von seinem Weggang etwas zu wissen oder auch nur zu ahnen, unterschied sich in nichts von der Wirklichkeit, die das Haus schon immer umgeben hatte.

Der Morgen war klar, duftig und trocken; es würde ein milder Tag werden, vielleicht der bisher wärmste in diesem Jahr. Hohe Wolken bedeckten den Himmel. Die Nacht war nicht kalt gewesen; seit einer Woche schon hatte es keinen Frost mehr gegeben.

Philipp hatte bei weit geöffnetem Fenster gelegen. Geschlafen hatte er kaum, oder jedenfalls war er immer wieder aufgewacht; die hereinwehende Luft hatte nach Erde gerochen (»wie von fernher«). Aufgeregt war er nicht, der Entschluss stand ja fest. Er wusste, dass ihm nichts geschehen konnte; was sollte schlimmer sein als ein weiteres Jahr, ein weiterer Monat, auch nur ein weiterer Tag in diesem Haus?

Wenn er an diese Möglichkeit dachte (die aber keine Möglichkeit mehr war, ihm war, als läge bereits alles in der Vergangenheit, oder er wollte, dass es so sei), packte ihn ein Würgegefühl.

Das Anstimmen der Vögel, die zahlreich waren in den Gärten der Vorstadt, gab das Signal zum Aufbruch. Noch fehlten die Schwalben, erst recht die Mauersegler, die Spätankömmlinge waren.

Ob es in der anderen Stadt Mauersegler gab?

Im Mai fingen sie an, in lustigen Banden mit lautem Getöse um die Häuserecken zu schießen, und Philipp nannte sie seine Freunde. Bald kamen seine Freunde zurück, und er war nicht mehr da. Er lachte kurz auf bei dem Gedanken daran, dazubleiben nur der Mauersegler wegen.

Wieder das Würgegefühl.

Philipp war ruhig. Langsam sein, das hatte er sich vorgenommen, keinmal auf dem gesamten Fußweg, der ihm bevorstand, wollte er eilen, auch jetzt nicht, beim Verlassen des Hauses, beim Verlassen des Grundstücks.

Nicht beim Verlassen der Straße, des Viertels, der Stadt.

Er hatte alle Zeit der Welt; niemand erwartete ihn. Irgendwann würde er in der anderen Stadt sein, das war klar.

Außer dieser Klarheit gab es nichts.

Den Vorsatz, langsam zu sein, brauchte Philipp dann gar nicht eigens zu beherzigen. Das Bild hieß ihn, stehenzubleiben, noch bevor er auf die Straße getreten war.

Er verharrte auf der Schwelle des Grundstücks.

Die Straße, an deren Rand wie immer beidseitig die Autos parkten, lag in blaues Silber getaucht. Die Bäume in dem kleinen Park gegenüber waren noch kahl, aber es blühten längst die Krokusse, der Goldregen. Auf der kleinen Wiese vor dem Haus würde ihnen bald der Kirschbaum folgen. Mit jedem Jahr, so schien es Philipp, begann er früher zu blühen; er trug bereits die Knospen.

Bei den Nachbarn brannte schon Licht. Vielleicht würde gleich die Frau, ihn nicht grüßend, da sie ihn für verrückt hielt (sein eigenes Grüßen war stets ein stummes, aber freundlich gemeintes Nicken), in ihr Pflegedienstfahrzeug steigen. Wenn sie frühmorgens aus dem rot verklinkerten Haus kam, hatte sie bereits ihre verrückte Mutter gepflegt, die jetzt mit großen Augen am Fenster stand, als kenne sie Philipps Plan.

Der Körper des Glücks bestand aus allem, was da war. Aber dieses Ganze war wirklicher da als sonst, wirklicher als alles, was Philipp seit langem erlebt hatte. Es war da als Bild.

Als hättest du es selbst gemalt, oder nein, gefilmt. Denn zu dem Bild gehörten auch die Geräusche, sogar die menschengemachten wie jetzt der in der Entfernung von einigen hundert Metern auf der Hauptstraße fahrende Bus.

Hier in der Stadt fuhren noch Busse, aber er würde in keinen einsteigen. Auch in der anderen Stadt würde er in keinen Bus einsteigen, und in der großen Landschaft dazwischen gab es ohnehin keine Busse.

Jetzt klopfte die Alte von nebenan von innen an die Fensterscheibe und bewegte den Mund. Auch das Klopfgeräusch gehörte zum Klang des Bildes.

So wunderbar hatte er sich den Aufbruch nicht vorgestellt. Vereinzelt, als freuten sie sich, knackten die parkenden Autos, von denen aber doch die meisten die ganze Nacht hindurch nicht bewegt worden waren? Vielleicht dehnte sich das Material in der nachlassenden Nachtkühle. In der Frühe war es zwar meistens kälter als um Mitternacht, aber jetzt wehte ein leichter Südwind und mochte dafür sorgen, dass die Luft sich rasch erwärmte, auch wenn es nicht gleich spürbar war.

Philipp fühlte sich, als wäre er schon am Ziel.

Noch die ganze Nacht hindurch, sogar im Traum, in dem er, bereits unterwegs, vor einem Mann mit vollständig verbundenem Kopf hatte fliehen müssen, war er sich in erster Linie als ein Verfolgter vorgekommen. (Er musste also zumindest zeitweise geschlafen haben; freilich war, wie er in dem Traum gleich gewusst hatte, unter dem Verband des Mannes gar kein Kopf, sondern nichts gewesen, das Nichts.)

Das Glück, das zweifellos erwartbare, würde sich, da war er sich noch in der Nacht sicher gewesen, erst auf dem Weg in die andere Stadt einstellen, im Gehen, dem tagelangen, durch die Landschaft, die Philipp so genau studiert und sich eingeprägt hatte. Er hatte sich nämlich Karten besorgt, die möglichst genauen amtlichen, die früher Messtischblätter geheißen hatten, und wochenlang hatte er kaum etwas anderes getan, als diese Karten zu studieren, bis er sie beinahe auswendig kannte und inwendig hatte.

Vor der Familie hatte er dieses Studium nicht eigens zu verheimlichen brauchen. Schon länger hatten sie nicht mehr auf das, was er tat, geachtet, hatten nur gehofft, dass er gehen würde. Zugleich waren sie, daran bestand kein Zweifel, bis zuletzt davon überzeugt gewesen, dass er nicht gehen würde.

Nein, er würde nicht gehen.

Nicht von alleine, niemals.

Sie würden noch ein Mittel finden, ihn zu vertreiben, aber dieses Mittel hatten sie bis zuletzt nicht gehabt. Jetzt ging er aus eigenem Entschluss, sie wussten es nicht, ahnten es nicht, es war nichts als die eigene Kraft, die er zusammennahm, um endlich gehen zu können – und doch war er sich sogar noch in der Nacht vor seinem Aufbruch als der Vertriebene vorgekommen, und das hieß doch: als der Unterlegene, als der Verlierer des Kampfs.

Dass er der Sieger war, erfuhr er erst jetzt, im Aufbruch, im Angesicht des Glücks.

Er hatte den Kampf nicht gewollt. Aber er war der Verrückte, der Missratene, der Beleidigte. Er war der Böse, der Selbstsüchtige, der Bequeme. Er war der Gefährliche, der Zerstörerische, der an allem Schuldige.

Er war der Stumme.

Mochte einiges davon stimmen – letzteres, dass er stumm war, stimmte auf jeden Fall. Seit Anfang Dezember, seit mehr als drei Monaten, hatte er kein Wort mehr gesprochen, mit niemandem. Ihm war, daran bestand kein Zweifel, die Sprache genommen worden. Oder hatte er selbst sie sich genommen? Er wusste doch gar nicht genau, was eigentlich geschehen war. Aber er stand als Täter da, der zum Schweigen als der bösesten, hinterhältigsten, niederträchtigsten, unumkehrbar verletzenden Waffe gegriffen hatte.

Ein Zeichen war er, deutungslos.

Schmerzlos war er und hatte die Sprache in der Fremde verloren.

Erst in der anderen Stadt würde er wieder den Mund auftun können. Schreiben aber würde er schon vorher wieder. Er, der doch sein Schreiben zum Leben hatte machen wollen – schon vor Jahren war dies sein einziges Ziel gewesen –, hatte nämlich den ganzen Winter hindurch nicht nur nicht gesprochen, sondern auch nicht geschrieben, nichts, keinen Satz, keinen Vers, kein Wort. Bald, jetzt, mit seinem Aufbruch, wollte er damit wieder beginnen. Er wollte schreiben. Seine Wanderung würde Schrift werden, vom ersten bis zum letzten Augenblick, und mit der Schrift würde sich die Deutung ergeben, das Zeichen klären.

War die Sprache ihm auch genommen worden (die Sprech- und die Schreibsprache, nicht aber die Denksprache: er dachte jetzt, fand er, klarer als je zuvor) – das Wissen um die Landschaft, das innere Bild von ihr, das jetzt, mit dem ersten Schritt vor die Tür, ganz unerwartet als äußeres ihm entgegengetreten war und den Namen »Glück« trug, konnte niemand mehr ihm nehmen.

Selbst wenn seine Reise im letzten Augenblick noch verhindert werden sollte, nahm er dieses Wissen mit in den Tod. (Das Nichtzustandekommen der Reise war für ihn nämlich gleichbedeutend mit dem Tod; auf der Stelle, dachte er, würde er sich im Falle des Nichtzustandekommens der Reise umbringen.) Natürlich aber war niemand da, der seine Reise verhindern konnte. Oder würde (was sein konnte) die Familie ihn lieber tot wissen als verschwunden?

Für einen Augenblick glaubte er, hinter seinem Rücken ein Geräusch zu hören, das nicht zum Klang des Bildes gehörte, und er war für diesen kurzen Moment überzeugt, sein Vater stünde oben am Fenster und hielte eine Pistole auf ihn gerichtet. Jetzt drückt er ab, ein Schuss von hinten direkt ins Herz, ein zweiter Schuss in den Kopf.

Aber nein, es war ihnen egal, was mit ihm geschah, wenn er nur fort war.

Ihr Hass richtete sich auf den Anwesenden, nicht auf den Abwesenden. Sein Verschwinden würde ein Fest für sie sein, daran bestand kein Zweifel; bereits heute Abend würden sie seine Abwesenheit feiern, die Abwesenheit des auf sie und gegen sie gerichteten Schweigens.

Sofort, das war klar, würden sie, auch wenn er keinerlei Nachricht hinterlassen hatte, wissen, dass sein Verschwinden für immer war, es war ihnen egal, wo er dann steckte, nie wieder würden sie ihm und seinem gekränkten, kranken, kränkenden, krankmachenden Schweigen über den Weg laufen müssen. Keinen Zweifel an der Endgültigkeit seines Verschwindens würden sie zulassen; alle Spuren von ihm würden sie sofort, noch am Tag des Verschwindens, also heute, beseitigen.

Käme jetzt wider Erwarten der Vater aus dem Haus gestürmt, um ihn doch noch aufzuhalten – ausgeschlossen werden durfte immerhin nichts; man konnte nicht wissen, was in dem Kopf dieses Verrückten, der seinen Sohn hasste, vorging –, so würde Philipp ihn töten müssen, das war klar. Nicht allein sich wehren, nicht allein ihn niederschlagen, ihn treten, stechen, beißen, verletzen, sondern ihm die verdiente Strafe für den Versuch, die Reise zu verhindern, zufügen, den Tod, egal wie (wahrscheinlich mit dem Taschenmesser, das Philipp mitgenommen hatte, um Brot, Fleisch und Käse schneiden zu können).

Philipp fragte sich, ob sein Aufbruch ein anderer wäre, wenn er jetzt Blut an den Händen hätte, und musste diese Frage verneinen. Er würde dann etwas getan haben, was er nicht hatte tun wollen, aber er würde sich nicht anders fühlen, als er sich jetzt fühlte: schmerzlos.

Gewiss würden sie nach ihm suchen, die Suche aber schnell wieder aufgeben. Sie würden aufgeben, wenn sie ihn nicht innerhalb von zwei, höchstens drei Tagen gefunden hätten.

Es wurde ja längst nicht mehr jeder Mörder gejagt, jede Bluttat aufgeklärt; vieles kehrte man einfach unter den Teppich. In der Stadtzeitung, hier und da auch im Internet würde man lesen können, der Vater sei infolge einer »Attacke« seines

Sohnes gestorben. Gewalttaten wurden neuerdings in den Zeitungen als »Attacken« bezeichnet. Als wäre nicht bloß das Opfer vom Täter, sondern auch der Täter von seiner eigenen Tat attackiert worden. Lächerlich.

Mit dem kindischen Wort »Attacke« – Philipp schämte sich jedes Mal, wenn er es las – sollte suggeriert werden, der Täter sei nicht Herr seiner Sinne gewesen, kein Täter sei Herr seiner Sinne. Und gewiss glaubte dieser Haufen Verrückter, der sich »die Presse« nannte, diesen Unsinn sogar, glaubte an die Unzurechnungsfähigkeit eines jeden einzelnen Täters. Sie glaubten es, weil sie ja auch selbst, die Journalisten, unzurechnungsfähig waren, eben verrückt.

Nur die Dümmsten und Kindischsten gingen ja – Philipp hatte es bei seinen Mitschülern gesehen – zu den Zeitungen. Er selbst hatte schon früh darauf geachtet, nicht dumm zu sein und nicht kindisch; damit verbaute man sich vieles, besonders eine Karriere bei den Zeitungen. Bereits mit vierzehn, ja mit zwölf war er sich erwachsen vorgekommen, vielleicht war das der Fehler gewesen.

War es ein Fehler? Er wollte ja mit niemandem tauschen, er war er, Philipp, in seiner Sackgasse, in seinem Verstummen, an seinem Ende (»zweiundzwanzig Jahre alt und schon am Ende«).

Er war er, Philipp, vor seinem Neuanfang.

Ihm fiel das Wort »Zeitungssterben« ein, worüber er kurz und laut auflachen musste.

In diesem Augenblick kam die Nachbarin aus dem Haus, die Dicke in ihrer weißen Pflegedienstkleidung, und starrte, während sie auf das weiße Pflegedienstauto zuging, dessen

Fahrertür gleich knallen würde (gehörte auch dieses Geräusch zum Bild? Nein, dieses vielleicht nicht!), verständnislos und feindselig auf Philipp, der sein stummes und freundlich gemeintes Lächeln hinübernickte.

Er tat das automatisch, ohne dass ihm jetzt noch etwas daran gelegen war, sich eigens unauffällig zu verhalten und seinen Plan zu verbergen. Mit der Anwesenheit des Bildes, vor der geöffneten Tür des Bildes, unter den Augen des über ihm wachenden Bildes, in der segenspendenden Hand des Bildes, unter dem mit Sternen des Glücks besäten Schutzmantel des Bildes war alles, was sich hier, »daheim«, ereignete und noch ereignen würde, egal (»bodenlos egal«).

Es war auch egal, ob er die andere Stadt erreichen würde oder nicht erreichen würde, wenn er sich nur auf den Weg gemacht, wenn er nur das Bild betreten hatte. Und auf dem Weg, in dem Bild befand er sich ja bereits, obwohl er das Grundstück, auf dem das Elternhaus stand, noch gar nicht verlassen hatte.

Hing es wirklich nur mit dem Vorsatz der Langsamkeit zusammen, dass er noch zögerte? Aber er zögerte ja gar nicht; der Aufbruch, der Augenblick des Aufbruchs lag jetzt schon hinter ihm, und das Gesicht der dicken Nachbarin, die, als sie in ihr Pflegedienstauto stieg, laut und deutlich »Du bist doch verrückt« sagte, was Philipp erneut zum Lachen brachte, nachdem er bereits über das Wort »Zeitungssterben« laut hatte auflachen müssen, war das erste eigentliche Reiseerlebnis.

Dann fuhr die weißgekleidete Nachbarin in ihrem weißen Auto davon und gab übertrieben Gas, wie um zu bekräftigen, was sie von Philipp hielt. Er war also gesehen worden, sowohl von der Pflegedienstverrückten, als auch von ihrer Mutter, die noch immer mit großen Augen am Fenster stand, nur dass sie nicht mehr an die Scheibe klopfte und auch den Mund nicht mehr bewegte.

Vielleicht ist sie im Stehen gestorben, dachte Philipp.

Nein, sie wird jetzt immer so dastehen und aus dem Fenster gucken; solange ich unterwegs bin, wird sie dort stehen, und sie wird, als Einzige hier, wissen, wohin ich gehe, wird wissen, wenn ich angekommen bin in der anderen Stadt. Und erst dann wird sie sterben, beruhigt, und wird ihr ganzes Wissen für sich behalten haben. Die Pflegedienstverrückte aber wird den Eltern erzählen, was sie gesehen hat (viel hat sie freilich nicht gesehen).

Heute oder morgen, spätestens übermorgen werden die Eltern erfahren, dass Philipp in der Frühe mit seinem Rucksack auf den Schultern in der Einfahrt neben den Mülltonnen gestanden ist, und dass er sie, die Nachbarin, ausgelacht habe (»als sei es morgens für mich nicht stressig genug«). Und der Vater oder die Mutter oder die Schwester oder auch alle drei im Chor (denn im Chor sprechen, das können sie gut) werden zu der Nachbarin sagen: »Ja, endlich ist er weg, für immer. In eines der Lager ist er gegangen.«

Es war ihm recht, gesehen worden zu sein; die Langsamkeit hatte sich gelohnt.

Philipp überlegte, ob er schon hier das Notizheft und den Bleistift aus der Innentasche seiner Jacke holen sollte, um das erste Reiseerlebnis aufzuschreiben.

Er schrieb immer mit Bleistift und hatte viele weitere Bleistifte und auch mehrere leichte Notizhefte in den Rucksack getan. Er entschied sich aber dagegen, schon jetzt etwas zu notieren, auch wenn der Gedanke, es ausgerechnet hier zu tun, noch auf dem Elterngrundstück, neben den Mülltonnen, in aller Langsamkeit und Ruhe, ihm reizvoll erschien.

Käme doch noch der Vater heraus, würde ihn der Anblick des in das Schreiben vertieften Sohnes in die äußerste Wut versetzen, denn der peinlichen Sache des Schreibens durfte, wenn überhaupt, nur hinter verschlossenen Türen nachgegangen werden.

Der Gedanke, die Nachbarin könnte den Sohn beim Schreiben erwischt haben – für den Vater, das war klar, war diese Szene nur als ein Erwischen denkbar –, würde ihm unerträglich sein. Er würde der missratenen Kreatur, die nichts Anständiges tat, schon seit geraumer Zeit überhaupt nichts mehr getan hatte, und die in ihrer egoistischen Beleidigtheit und Bosheit und Verbohrtheit den ganzen Winter hindurch kein einziges Wort gesprochen hatte, das Notizheft aus der Hand schlagen, und dann würde er der Kreatur, die einmal »Sohn« geheißen hatte und schon lange nicht mehr so hieß, ins Gesicht schlagen, würde sie würgen, zu Boden zwingen (bei einer zufälligen Begegnung im Flur – keinen Monat war das her – war es wirklich einmal fast dazu gekommen); er würde auf sie eintreten, dann weiter mit den Fäusten sie bearbeiten und krankenhausreif zu machen versuchen. Es würde ihm aber nicht gelingen, die Kreatur würde sich zur Wehr setzen und, das war klar, vor der Bluttat, vor welcher der Vater im letzten Augenblick zurückgeschreckt war, nicht zurückschrecken, diesmal nicht.

Philipp lachte laut auf, wieder fiel ihm das Wort »Zeitungssterben« ein.

Er musste sich jetzt vorstellen, wie es wäre, die Leiche des Vaters in das alte Papier solch einer gestorbenen Zeitung, die niemand je gelesen hatte, einzuwickeln. Vielleicht wären die Mutter und die Schwester sogar einverstanden mit der Tat, wer wusste das schon? An ihrer Verachtung für Philipp, das war klar, würde es nichts ändern.

Auch die Nachbarn, die ihn für verrückt hielten, wären vielleicht einverstanden mit der Tat. Lange würde das Paket unbeachtet in der Einfahrt liegen, obwohl alle wüssten, was darin sei, was es sei, das ins alte Papier der gestorbenen, von niemandem gelesenen Zeitung Gewickelte.

Hörte man nicht jetzt öfters davon, dass Leichen an den Stadträndern lagen, um die niemand sich kümmerte, die niemanden interessierten? Hier in der Vorstadt war das noch nicht vorgekommen, aber vielleicht würde er auf seiner Fußreise eine Leiche sehen. Er hoffte es nicht. Aber wenn, dann durfte es ihn nicht beeindrucken.

Davon dich beeindrucken zu lassen, wäre das schlimmste.

So viele Gedanken. Auch die Bluttat am Vater war ja bloß ein Gedanke.

Eigentlich verabscheute er die Gewalt. Er verabscheute sie, weil sie in ihm war. Wahrscheinlich war sie in jedem Menschen, zumindest der Möglichkeit nach. Die meisten Menschen, daran änderte sich nichts, wollten diese Möglichkeit aber nicht wahrhaben und verfielen ihr, der Gewalt, umso hilfloser.

Hatte die Gewalt Philipp früher fasziniert, erregt, manchmal halb wahnsinnig gemacht in ihrer Herrschaft über seine Fantasie – das Erwachen seiner Sexualität war mit der Gewalt und ihren Bildern verknüpft gewesen –, so machte sie ihn jetzt bloß noch traurig. Er war es freilich gewohnt, traurig zu sein, und so war er auch die Bilder der Gewalt gewohnt, die er nie gänzlich zu verdrängen, geschweige denn zu besiegen gewusst hatte. Die Bilder der Gewalt, sie verstanden sich von selbst. Es blieb nichts, als sie zuzulassen.

Die Gewalt war das traurige Herz der Menschheit, sie war die Hölle am Grund der Dinge. Philipp konnte in seiner Erinnerung so weit zurückgehen, wie es ihm irgend gelang: die Bilder der Gewalt waren schon da, als wären sie nicht erst mit den Krimis und den Horrorfilmen, die seine Eltern ihn hatten mitschauen lassen, in seine Kindheit eingedrungen, nicht erst mit den Zeitungsberichten (die er verschlungen hatte) über Raub, Mord, Vergewaltigung und Sklaverei, über Entführungen und Folterungen, Verstümmelungen und Enthauptungen.

Er verschlang die Bilder, sie verschlangen ihn.

In der Schule verträumte er ganze Vormittage, zu Hause ganze Nachmittage, sich ausmalend, wie es wäre, einen Sklaven, einen Gefangenen zu haben, oder selbst solch ein Sklave, ein Gefangener zu sein, Tag und Nacht mit Stricken gebunden, in Ketten gehalten.

In der Nachbarschaft, ein paar hundert Meter entfernt nur, war einmal, vor vielen Jahren, als Philipp in den ersten Schuljahren gewesen war, ein Kind, ein Junge seines Alters, aus einem Keller befreit worden, lange Zeit war der Junge dort festgehalten worden. Niemals würde er die heftige Sehnsucht vergessen, die ihn damals ergriffen hatte: selbst dieses Kind zu sein, nur freilich ohne Aussicht auf Befreiung, ohne jemals gefunden und aus der Hand seiner Peiniger gerettet zu werden.

In der Nacht, nachdem Philipp von dem Vorfall erfahren hatte, machte er kein Auge zu, saß am Morgen danach abwesend, mit flauem Magen und wackligen Knien in der Schule. Am Sportunterricht brauchte er nicht teilzunehmen, weil er behauptet hatte, ihm sei übel (was auch stimmte), und die Lehrerin fand, er sehe tatsächlich sehr blass aus.

Am Nachmittag, daheim, fand er im Keller einen kleinen Jutesack Kartoffeln, dessen Inhalt er in einen Eimer tat. Den leeren Sack nahm er mit auf sein Zimmer, für die Nacht. Extra früh ging er ins Bett; die Eltern schöpften keinen Verdacht, denn auch ihnen hatte Philipp gesagt, ihm sei übel. Kaum aber hatte er das Licht gelöscht, stülpte er sich, wahnsinnig vor Erregung, den Jutesack über den Kopf. In seiner Vorstellung war es nämlich so, dass das Kind, gefesselt, für nahezu die gesamte Zeit seiner Gefangenschaft einen solchen Jutesack über den Kopf gestülpt bekommen hatte, und dieses Erlebnis galt es nachzuempfinden. Wäre Philipp selbst so etwas zugestoßen, er hätte sich, kein Zweifel, als vom Schicksal Begünstigter gefühlt, in geheimer Komplizenschaft, wie er zu ahnen begann, mit den Tätern, deren Erlebnis es ebenfalls nachzuempfinden galt (aber dazu war Philipp, dachte er, noch nicht alt genug; nur Erwachsene, oder jedenfalls ältere Jugendliche, begingen doch solche Taten, und Kinder seines Alters waren die idealen, bereits vollbewusst leidensfähigen, aber noch nicht wehrhaften Opfer).

Zugleich, während er mit dem über den Kopf gestülpten Sack in der Dunkelheit lag und sich vorstellte, er wäre zudem bis zur völligen Bewegungslosigkeit am ganzen Körper verschnürt, und ein mit Klebeband befestigter Knebel stecke ihm im Mund, verzehrte sich Philipp in Mitleid für das Kind, dem diese Grausamkeit tatsächlich widerfahren war. Ja, er selbst hätte es ausgehalten, er selbst hätte die Kraft dazu gehabt. Er hätte die Situation sogar bis in alle Ewigkeit als verdient genossen – gewiss aber nicht der andere Junge, dem es jetzt wer weiß wie ging, und der vielleicht seines Lebens nicht mehr froh wurde.

An die Seite des heftigen Wunsches, das Schicksal des Anderen zu teilen, oder besser gesagt: an dessen Stelle es zu erleben, es ihm abzunehmen und für ihn zu tragen, trat der nicht minder heftige Wunsch, des Anderen Freund zu werden, ihn zu trösten, ihm über das Geschehene hinwegzuhelfen. Philipp war davon überzeugt, nur er sei dazu imstande. Er würde ihn finden müssen. Und obwohl er ihn nicht fand, wurde der Andere sein Zwilling und, ja, sein Geliebter (was er freilich für sich behalten musste, denn er hatte einmal gehört, wie der Vater zur Mutter gesagt hatte, er sei in Sorge, aus dem Sohn könne »ein Schwuler« werden, »eine Schwuchtel«, und wenn das stimme, dann könne er, Philipp, etwas erleben, denn das sei »nicht akzeptabel«, man habe es ja gesehen »in der jüngeren Geschichte«, wohin das führe, wenn jeder machen kann, was er will »im Sexuellen«, »gegen die Familie«).

Den Kartoffelsack aber, den Philipp zu schlecht versteckt hatte, fand die Mutter, die die Unordnung hasste, am nächsten Tag in seinem Zimmer, wofür sie ihn, als er von der Schule kam, minutenlang anschrie. Die Kartoffeln, sie hatten nicht in den Eimer gehört, und der Sack war alles andere als ein Spielzeug. Und geschrien wurde daheim schon wegen kleinerer Geringfügigkeiten als dieser. Das Geschrei, es gehörte zu den Urtatsachen von Philipps Kindheit und Jugend.

Jeder schrie jeden an, die Anlässe schienen gleichgültig zu sein und waren es wohl auch.

Die Mutter schrie den Vater an, weil er nach dem Frühstück nicht alle Krümel beseitigt, der Vater die Mutter, weil sie beim Wischen in seinem »Büro« (in dem nichts gearbeitet wurde, sondern nur ferngeschaut und »gespielt«, denn der Vater spielte Videospiele) einen Stapel DVDs umgestoßen hatte (ohne dass auch nur einzige DVD beschädigt worden war). Die Mutter schrie die Schwester an, weil diese eine Motorradzeitschrift auf dem Wohnzimmertisch hatte liegen lassen (»der Tätowierte auf dem Cover sieht hübsch aus«, sagte sie noch, »so einen Freund hatte ich mal«, keifte dann aber gleich los, als sei sie vom einen Augenblick auf den anderen irre geworden, allein der durch die eine Zeitung verursachten Unordnung wegen).

Besonders heftiges Geschrei gab es einmal – jetzt von Seiten des Vaters –, weil die Schwester den falschen Freund mit nach Hause gebracht hatte, einen, der nicht »cool« genug war (denn darauf kam es an), aus wer weiß was für ärmlichen Verhältnissen stammte, gebrauchte Kleidung trug (»schlampig«, fand die Mutter, »ohne dass es das gewisse Etwas hätte«). Der Junge spielte nicht Fußball, interessierte sich auch nicht dafür, konnte keinen einzigen Spieler nennen, trank nicht einmal Alkohol. »Der bringt sich nicht ein«, brüllte der Vater los, ernsthaft böse, und zwar nicht in Richtung seiner Tochter, sondern gleich ins Gesicht des mitgebrachten Freundes, der schief und abwesend zur Seite blickte und darin (was den Vater, versteht sich, in noch größere Wut versetzte) ziemlich an Philipp erinnerte, der sich ebenfalls nicht für Fußball interessierte, und dessen auf Betreiben des Vaters unternommener Versuch, diesen Sport auszuüben, schon nach wenigen glücklosen Trainingsabenden im Verein hatte abgebrochen werden müssen.

Die Schwester heulte noch in der Anwesenheit des Freundes los, aber nicht (wie ihr Bruder sofort durchschaute), weil sie sich für den Vater, sondern weil sie sich für ihren Freund schämte, den sie schon am nächsten Tag eingetauscht hatte gegen einen »Cooleren« (einen sogar »schwer Coolen«, wie die Mutter fand), der nicht nur Fußball spielte, eine Badmintonmeisterschaft gewonnen hatte, Heavy Metal hörte und eine große Tätowierung auf dem Unterarm trug, dessen »spirituelle Bedeutung« er wortreich zu erklären vermochte, sondern auch selbst Schlagzeuger in einer Rockband war, Kanu fuhr (weil man da »der Natur« so nah sei und trotzdem »ein Gruppenerlebnis« habe), schon bald den Kilimandscharo besteigen und das florierende Taxiunternehmen seines Vaters übernehmen würde. Zudem überwies er regelmäßig einem Tierschutzverein Geld von seinem Ersparten und hatte, mit seinen gerade achtzehn Jahren, auf den jährlich von einem schweren Taifun heimgesuchten Philippinen die Patenschaft für ein Kind übernommen, dessen Foto er in der Geldbörse trug, und dem er jeden Monat eine Frischhaltebox mit einem riesigen selbstgebackenen Brot schickte (»für die ganze Familie«, wie er extra betonte, »jeden Monat verlange ich bei der Botschaft einen Beweis, dass das Brot auch bei der Familie angekommen ist«).

»Sozial« war auch (denn auf »das Soziale« kam es an), dass das Taxiunternehmen den vielen Alten, Armen, Irren und sonstwie körperlich, seelisch oder geistig Behinderten der

Stadt Sondertarife einräumte (die öffentlichen Verkehrsmittel, die es hier noch gab, waren zu teuer), und dass ein (eigentlich geheim zu haltender, aber die Dinge sprachen sich eben herum) Vertrag mit dem Staat bestand, »direkt mit dem Zentrum«, wie es hieß, »vom Kanzler persönlich in Auftrag gegeben«, wonach das Unternehmen staatliche Mittel dafür erhielt, dass es Bedürftige aus der Stadt und dem näheren und ferneren Umland kostenlos in die Lager brachte, an deren Existenz niemand mehr zweifelte, auch wenn diese Existenz von offizieller Seite nachwievor nicht bestätigt worden war, und es den Medien sogar unter Androhung schwerer Strafen verboten war, auch nur den leisesten Hinweis in dieser Angelegenheit zu publizieren.

Aus dem neuen Freund der Schwester wurde also etwas, oder besser gesagt: er hatte es schon jetzt zu etwas gebracht, und als Philipp, der damals noch sprach, sich erlaubte, anzumerken, dass es doch auch »sozial« gewesen wäre, den Vorgängerfreund der Schwester etwas freundlicher zu behandeln, wurde er bloß niedergeschrien, von allen dreien im Chor, und keineswegs im Spaß, denn jede Angelegenheit, über die gestritten wurde, war sogleich eine hochernste, die die Substanz des Familiären als solche zu betreffen schien.

Auch in anderen Familien wurde geschrien, das war das Normale, Naturgemäße. Trotzdem wunderte sich Philipp, wie seine Mitschüler das nicht nur einfach hinnahmen, ohne, wie er, einen langsam wachsenden Schatten auf der Seele zu bekommen, sondern auch ein Ideal darin erblickten, selbst solche Schreihälse zu werden, möglichst schnell, als existierten keine anderen Möglichkeiten. Für die übergroße Mehrheit war ein

Leben ohne Lärm und Geschrei ein sinnloses Leben. Dass den Mitschülern die Verkörperung des Schreihals-Ideals auch gelang, schien sich nach derselben Naturgesetzlichkeit zu vollziehen, nach der sie, viel schneller als Philipp, zu teils grotesken Körpergrößen aufwuchsen.

Sein Kind anzuschreien, das gehörte zum guten Ton – im Unterschied zu der mehr noch als jemals zuvor in der Geschichte verpönten körperlichen Gewalt, zu der man es keinesfalls kommen lassen durfte. In der Nachbarschaft waren Kinder bereits einzelner Ohrfeigen wegen aus den Familien genommen worden. Zu schreien dagegen galt als harmlos, ja als eine für alle Beteiligten befreiende Praxis, die zudem den Vorteil hatte, dass sie die ungesunde Verzärtelung des Kindes verhinderte.

Längst gab es von Experten geschriebene Bücher zu diesem Thema. Herrschende Meinung war, dass sich im Geschrei der Familienzusammenhalt konstituiere, der umso wichtiger geworden war (»wichtiger als je«), als der vom Untergang bedrohte Staat seine früheren sozialen und sonstigen Sicherungsfunktionen nicht mehr ausüben konnte (an die Stelle der früheren Sozialleistungen waren jetzt die Lager getreten). Ohnehin war, man hatte es eingesehen, zwischen einem herrisch hervorgestoßenen »Bitte« – »Bitte lass das!«, »Bitte mach das!«, »Bitte komm her!«, »Bitte streng dich an!« –, das der werbenden Bedeutung des Wortes Hohn sprach, und dem eigentlichen Geschrei nur ein schleichender, manchmal kaum fühlbarer Übergang.

Philipp hatte denn auch zwischen den verschiedenen Stufen und Formen sprachlicher Gewalt, denen er sich täglich ausgesetzt sah, von Anfang an schlecht unterscheiden können.

So sehr angesichts des täglichen Geschreis seine Sehnsucht nach Stille wuchs (die er zunächst in den Büchern, später auch im Freien, in der an die Stadt angrenzenden Landschaft befriedigt fand), schnitt es kaum tiefer in seine Seele als jedes andere an ihn gerichtete Wort.

Nach einer kurzen Zeit – sie lag vor Philipps Geburt –, in der es Mode gewesen war, die Kinder möglichst selbstbestimmt aufwachsen zu lassen, war jetzt die umfassende Bevormundung zu einem verbreiteten Erziehungskonzept geworden, nur dass die Bevormundung sich nicht so nannte, sondern im Zeichen der Freiheit auftrat. Die Familie, so hieß es, sei eben wichtiger als das Individuum, und frei entwickeln könne sich der Einzelne nur im Schutz der Familie.

Der Vater, wenn er gut gelaunt war, erzählte gerne davon, wie »unbehütet« er habe aufwachsen müssen; seine Eltern, Philipps Großeltern also, seien damals nämlich »Alternative« gewesen, das habe ihm letztlich nicht gutgetan. »Modisch«, wie er sagte, sei das in Ordnung und habe sich ja auch durchgesetzt; die Leute achteten heute alle auf »ihr individuelles Äußeres«, damals sei das noch etwas besonderes gewesen. Bei den Freiheitsidealen an sich aber habe es sich damals um die falschen gehandelt, was nun nicht bedeute, dass an die Stelle eine große Unfreiheit getreten sei, im Gegenteil. Die falschen Freiheitsideale seien im Verlauf eines krisenhaften Lernprozesses durch die richtigen Freiheitsideale ersetzt worden. Man sehe es ja: selbstbewusstere Kinder als die heutigen habe es vielleicht in der ganzen Geschichte noch nicht gegeben, ein ganz neuer Optimismus mache sich dadurch breit (bei Philipp, das klang immer durch, war halt etwas schief gelaufen). Diese positive Entwicklung sei zweifellos der Erfolg des »konservativen« (wie er es nannte) Familienbildes, das sich langsam wieder durchgesetzt habe, auch wenn diese Entwicklung beim Staat (mit den bekannten Folgen) als letztes angekommen sei, als es schon beinahe zu spät gewesen sei und das Land am Rande des Bürgerkriegs gestanden habe.

So schlau konnte der Vater daherreden, doch er tat es selten. Philipp aber fand es nicht besser als das Geschrei, schon deshalb nicht, weil das schlaue Gerede bruchlos ins Schreien übergehen konnte. Für ihn kam beides aus derselben ihm feindlichen, ihn vernichtenden Substanz.

Konnte man dem Vater einen Vorwurf machen? Er hatte getan, was alle Väter taten. Er konnte nichts dafür, dass Philipp früh, allzufrüh die Paradoxie durchschaut hatte, die darin lag, dass die Eltern zu bestimmen versuchten, welches die Freiheiten seien, die das Kind sich zu nehmen habe, um zu einem »funktionsfähigen« (denn darauf kam es an, nur änderten sich von Zeit zu Zeit die erwünschten Funktionen) Glied der Familie und der Gesellschaft heranzuwachsen. Kein Kind, wie auch?, hinterfragte diesen Zeitgeist, dessen Wesen, dessen innerster Kern etwas schimärisches hatte, einem Definitionsversuch sich immer wieder entzog, und der sich deshalb auch nur schwer kritisieren ließ, oder nur von außen, hilflos, ohne eigentliches Wissen von ihm.

Philipp aber wusste vieles, weil er es erfahren hatte (glaubte, erfahren zu haben). Die Freiheiten, die er brauchte, wurden ihm nicht gewährt. Die Freiheiten, die man ihm gewähren wollte, brauchte er nicht. Zu den Freiheiten, die er nicht brauchte, wollte man ihn zwingen. Die Sehnsucht nach den

Freiheiten, die er brauchte, suchte man ihm auszutreiben. Gab es eine bessere Definition der Gewalt?

Im Unterschied zu der Gewalt, die Philipp faszinierte, war an dieser Art von Gewalt nichts Erregendes, nichts Geheimnisvolles, im Grunde auch nichts Mächtiges. Gewiss, man kam nicht gegen sie an. Aber sie war durchschaubar, langweilig, voller Lüge. Nein, Philipp fand es nicht schwierig, sie auf den Begriff zu bringen, schon als Kind nicht. Oder er hatte sich jedenfalls seinen eigenen Begriff von ihr gemacht.

Wer mit den Mitteln dieser Gewalt sprach und zu überreden suchte, log. Jedes im Zeichen dieser Gewalt gesprochene Wort war Lüge.

Die Gewalt hatte nur wenig mit dem zu tun, was man früher, vor langer Zeit, eine »strenge Erziehung« genannt hatte.

Als er aufs Gymnasium kam und auf eigene Faust in den Büchern aus früheren Epochen zu lesen anfing (die im Unterricht kaum vorkamen), erfuhr Philipp, worum es sich dabei gehandelt hatte. Das alles gab es jetzt nicht mehr, die Bevormundung war von anderer Art.

Sie war sozusagen schwach, weibisch und umso giftiger. Hatten die Kinder früher keinen Lärm machen dürfen: nun mussten sie es. Hatten die Jugendlichen früher nicht ausgehen, nicht lange aufbleiben, keinen Alkohol trinken dürfen: nun mussten sie es. Die »Coolness«, von der die Eltern so häufig sprachen, und von der an Philipp offenbar nichts zu spüren war – früher war sie das Privileg Einzelner, von Natur aus mit ihr Ausgestatteter gewesen: jetzt war sie über alle und jeden verhängt als Zwangsmaßnahme. Womit man früher auf die schiefe Bahn geraten war: heute war es ein unentbehrlicher

Teil der Entwicklung, deren Gesetzmäßigkeiten erkannt waren, weshalb nun eben alles diesen Gesetzmäßigkeiten zu unterwerfen war.

Die Kinder sollten Lärm machen und sich austoben, möglichst oft: das machte sie aktiv, und Aktivität war gesund (Philipp aber war kein aktives, sondern ein stilles Kind, das gerne nur dasaß und schaute). Sie sollten beim Fußballspiel sich aneinander reiben, sich gegenseitig anschreien, hin und wieder auch prügeln: es machte nichts, wenn der Stärkere sich durchsetzte und der Schwächere erfuhr, woran er war (Philipp aber war als Kind einer der Schwächsten, und eigentlich entzog er sich dem Spiel, weil er es hasste, dass alle sich aneinander rieben, und weil er nicht glauben konnte, dass der Gestank und die schlecht überspielte Missgelauntheit, die dadurch entstand, eine Wirklichkeit sein sollte, die zählte).

Alles in der Natur und damit auch im Menschen, dessen Natürlichkeit man eben wollte (auf sie kam es an), war Hierarchie, Dominanz und Macht: man konnte nicht früh genug lernen, seine Rolle in diesem Spiel zu spielen. Es war ja nur ein Spiel, wenn auch ein mitunter ernstes, etwa im Berufs-, vor allem im Wirtschaftsleben, wo man mit allen Wassern gewaschen sein musste (Philipp aber wollte nicht mit allen Wassern gewaschen sein, er wollte auch keine Macht; der Gedanke, über einen Anderen Macht ausüben zu müssen, stimmte ihn traurig. Wie verhielt sich das aber zu seinen geheimen Fantasien, die ihm den flauen Magen, die wackligen Knie, immer öfter auch das steife Glied verursachten? Philipp wusste es nicht).

Die Kinder sollten sich guten Gewissens die früher verpönten Auszeiten nehmen, sollten in der heißen Badewanne liegen, sich entspannen, laut Musik hören, auch die wildeste, gerade die, die früher als Teufelszeug gegolten hatte: alles das war gut, weil es die Natürlichkeit förderte, und man aus der Entspannung und der Begegnung mit dem Archaischen sozusagen gereinigt in die Gemeinschaft zurückkam, in die man nun umso herzhafter sich einbringen konnte (Philipp aber wollte nicht in der Badewanne liegen, sondern alte Bücher lesen, und gerade dies galt bei seinen Eltern nicht als Entspannung. Auch mochte er keine Musik, sondern wollte es still haben; er war gerne allein, nicht bloß für eine Stunde, sondern ganze Nachmittage lang, eigentlich immer, und schon vor dem bloßen Wort »Gemeinschaft« ließ er den Kopf hängen, als wäre es sein Todesurteil, was es, das war klar, auch war).

Die Jugendlichen von heute sollten Erfahrungen machen, die früher wenn nicht als gefährlich, so doch als spinnert gegolten hatten: Grenzerfahrungen auf Reisen, Erfahrungen mit Alkohol und anderen Drogen, aber alles in der Gruppe, verstand sich, und möglichst wenig allein, denn nur in der Gruppe erfuhr und lernte man etwas.

Die Suche nach etwas Spirituellem wurde akzeptiert und gefördert, jeder Mensch musste eine eigene Spiritualität haben (so wie der Ersatzfreund der Schwester auf die »spirituelle Bedeutung« seiner Unterarmtätowierung Wert gelegt hatte). Philipp wusste aber nicht, ob er eine eigene Spiritualität hatte, wenn, dann war sie in den Büchern, die er las, und vielleicht in den Gedichten, die er zu schreiben anfing, als er vierzehn war; ja, er wollte ein Dichter sein und nichts sonst.

Das aber war die falsche Antwort. Dichter gab es ja gar nicht mehr, höchstens Schriftsteller und Journalisten, die an einer Schreibschule ausgebildet worden waren. Und am wenigsten war in den Büchern etwas wie Spiritualität zu finden, denn die war eine Sache des Lebens, und wenn sie eine Sache der Kunst war, dann eher eine der Musik als eine des Wortes. Bücherwissen war totes Wissen, es war unverständlich, wie Philipp, der doch nicht dumm war, auf die alten Bücher hereinfallen konnte, die niemanden mehr interessierten, erst recht nicht, seitdem die Universitäten geschlossen worden waren. Und reisen? Auch in fernen Ländern, mit anderen Jugendlichen zusammen, konnte man spirituelle Erfahrungen machen. Philipp aber wollte bloß allein an den Stadträndern herumgehen, das konnte nicht gut sein, er geriet auf die schiefe Bahn.

Ja, Philipp war auf die schiefe Bahn geraten, ins Rutschen gekommen. Mit der Zeit war alles giftig geworden; das Gift war in jede Pore des sogenannten Lebens eingedrungen.

War der Rutsch in die Tiefe erst jetzt, mit seinem Aufbruch, vorbei? Nein, das war bereits Anfang Dezember gewesen, mit seinem Verstummen, als es sich in ihm entschieden hatte, fortan zu schweigen.

»Es« hatte sich in ihm entschieden? Ja, anders konnte er es vor sich nicht ausdrücken. Nicht er selbst, jedenfalls nicht er allein, hatte entschieden, kein Wort mehr von sich zu geben, zu niemandem. Das Schweigen selbst hatte mitgewirkt. Es wollte einen Ort haben, und Philipp war dieser Ort.

Das war der Nullpunkt.

Der Rutsch war vorbei, den ganzen Winter hindurch hatte Philipp am Nullpunkt existiert. Er war das fremde Zeichen geworden, deutungslos, schmerzlos.

Die Schmerzlosigkeit war etwas Wunderbares, ein leuchtend klares Geheimnis. Vielleicht handelte es sich sogar um etwas Spirituelles, aber Philipp mochte das Wort nicht, und es war nicht imstande, etwas zu ändern, geschweige denn ihn zu retten.

Als Philipp sechzehn war und ein Jahr lang täglich angeschrien wurde, böser als je, hatte er sich gewünscht, die Eltern kämen bei einem Autounfall ums Leben oder fielen einem Terroranschlag zum Opfer, möglichst viehisch sollten sie sterben. Das Geschrei, das sich bis dahin vielleicht noch einen Rest von Unschuld bewahrt hatte, war jetzt nurmehr noch böse und blieb es.

Auf Philipps Anderssein, seine Fremdartigkeit, stand die Höchststrafe, die Ächtung. Aber die Eltern warfen ihn nicht hinaus, auch nicht, als er volljährig war. Die Blöße konnte man sich nicht geben, die Familie war zu wichtig, und es war an sich nichts Ungewöhnliches, dass junge Erwachsene weiter, und noch lange, bei ihren Eltern wohnten.

Nur handelte es sich eben meistens um normale Erwachsene und nicht um einen Philipp.

Beruhigung trat ein, wenn auch nur für kurze Zeit, als es den Eltern gelungen war, den Sohn zu einem Psychotherapeuten zu zwingen. Dorthin, zu Patrick, war er bis zuletzt gegangen, ein Mal in der Woche, auch noch in der Zeit des Schweigens. Auch mit Patrick sprach er nicht, aber er ging hin. Auch Patrick würde er nicht wiedersehen.

Manchmal gab Patrick den Eltern Bericht und sprach ihnen gut zu. Ihm war daran gelegen, dass Philipp weiterhin zu ihm käme. Aber es half alles nichts mehr, als erst das Schweigen eingesetzt hatte. »Zweiundzwanzig und nichts geleistet«; »nistest dich hier ein, frisst dich durch, trägst nichts bei«; »denkst nur an dich; wenn du nicht mehr mit uns redest, reden wir auch nicht mehr mit dir; bald fliegst du raus«; »hau endlich ab«; »wir hassen dich« (ja, das war tatsächlich einmal gesagt worden, und Philipp fand es vergleichsweise harmlos).

Gewiss hatten sie in manchem Recht und er hatte Unrecht. Aber damit war jetzt Schluss, er ging von alleine. Der Abwesende würde jenseits von Recht und Unrecht existieren, zum ersten Mal in seinem Leben.

Er ging zwar nicht im Frieden, sah sich aber außerstande, Frieden zu schaffen. Er ging, ohne eine Erklärung zu hinterlassen, sah sich aber außerstande, etwas zu erklären.

Er wusste, dass er Schuld hatte, konnte aber nicht angeben, was er hätte anders machen sollen; fühlte sich in die Ecke gedrängt, ein gehetztes Tier, das sehen musste, nicht in eine der aufgestellten Fallen zu tapsen, nicht von einer ihm überlegenen Hand gepackt, nicht von einer auf ihn gefeuerten Kugel, einem auf ihn abgeschossenen Pfeil getroffen zu werden.

Jede seiner Bewegungen war ein Ausweichmanöver.

Die Fähigkeit, auf einfachste Fragen zu antworten, war Philipp abhandengekommen. Er konnte einfach nicht mehr sprechen, drei Monate lang schon nicht; kein Wort brachte er heraus. Dabei hatte es anfangs Situationen gegeben, in denen er gerne etwas gesagt, sich verteidigt hätte; aber das Schweigen war zu mächtig, es war wie ein zweiter Körper, der sich in ihm breitgemacht hatte, der Körper des Schweigens. Von Brust und Bauch war das Gefühl ausgegangen und zuerst in die Arme gewandert, die seither so schweren Arme. Bis in die Fingerspitzen hinein die Schwere, das Schweigen. Das Würgegefühl: ersticken zu müssen an jedem Wort, noch bevor es zu Ende geformt wäre.

Patrick redete dauernd etwas von den Seelen, die krank wären, auch er, Patrick, habe solch eine kranke Seele. Philipps Schweigen kam aber aus dem Körper, ihn interessierte nicht, was Patrick über die Seele sagte.

Kein Zweifel, alle (sogar Patrick) hielten es für Spiel, »Beleidigtsein«, Bosheit – oder war es nur ein schlechter Witz?; hielten es für Egoismus und Faulheit; »so kommst du nicht durch«. Wofür hielten sie ihn, die andererseits doch auf seiner Intelligenz bestanden – einer Intelligenz, welche allerdings klar gegen die Authentizität seines Verhaltens zu sprechen schien? Und woher sollten sie auch wissen, was der Nullpunkt war?

Innen hatte sich in diesem Winter vieles geklärt.

Ja, seitdem Philipp zu sprechen aufgehört hatte, war eine große Klarheit in ihm entstanden, nur, dass diese Klarheit sich nicht mitzuteilen wusste, keinen Raum, keine Stelle, keinen Ansatzpunkt fand.

An der Außenwelt, die alles Klare hasste, perlte die Klarheit ab. Die Menschen, mit denen Philipp umzugehen gezwungen war, hatten ein Interesse daran, dass alles Klare immer wieder verschwamm und zerfiel und niemals die deprimierenden Verhältnisse zu durchklären vermochte. Sie wussten es zu verhindern, nichts betrieben sie manischer.

Unvorteilhaft war (oder wirkte jedenfalls auf die Nebenmenschen), dass seit dem Verstummen das kurze, aber schrille Auflachen sich gehäuft hatte; immer öfter ließ es sich hören, bei immer geringfügigeren, unscheinbareren Anlässen. Als Philipp es an sich bemerkte, wertete er es als Zeichen einer wiedergewonnenen Heiterkeit, die er auch besaß, wenn er für sich war und man ihn ließ. Oder war Heiterkeit das falsche Wort?

Gewiss, es war eine Heiterkeit am Nullpunkt, unter den Voraussetzungen des Nullpunkts.

Immer öfter bemühte sich Philipp, ein freundliches Gesicht zu machen, zu signalisieren, dass es besser um ihn stehe als zu der Zeit, da er noch gesprochen hatte, und dass er keineswegs gewillt war, es sich so einfach zu machen, wie alle es ihm vorwarfen. Die Nachbarn und alle Unbekannten auf der Straße grüßte er mit seinem lächelnden Nicken, wobei das Lächeln nicht immer gelang und manchmal sich zu einer fürchterlichen Fratze verzog. Gelang es aber, machte es alles nur noch schlimmer, weil die Leute sich ausgelacht fühlten, und sogar Patrick glaubte mittlerweile, dass Philipp ihn bloß noch auslachte.

»Du lachst mich aus«, hatte Patrick beim letzten Mal gesagt, bevor er Philipp wie immer für viele Stunden festband. Es gefiel Philipp, festgebunden zu werden, aber in Patricks Stimme hatte etwas Drohendes sich gemischt, das ihm Angst machte.

Für Patrick, das war klar, waren die Sitzungen wichtiger, als sie es für Philipp waren. Einmal hatte Patrick ihm ans steife Glied gefasst, dann sich selbst, und war gleich wieder zurückgeschreckt wie vor etwas Verbotenem. Philipp war es egal gewesen. Er brach sein Schweigen nicht, vielleicht hatte Patrick darauf spekuliert, dass Philipp sein Schweigen brechen würde, wenn Sexuelles ins Spiel käme.

Patrick war eine arme Sau; Philipp würde ihn nicht wiedersehen.

Er machte sich nichts vor. Das Geschehene beschäftigte ihn auch jetzt noch, im Aufbruch. Im Angesicht des Glücks, da er bereits in den Körper des Bildes eingetreten war. War nicht alles ein Wunder? Es stieg in ihm auf, sank wieder hinab, es war gleichgültig. Er spürte ja keinen Schmerz mehr.

Wie interessant doch all das Gleichgültige war, man konnte es von außen betrachten wie durch ein Schaufenster.

Ihm blieb nichts, als zu gehen. Hinter sich lassen den Scherbenhaufen, zu dem sein Leben geworden war. Gehen, weit. Der Wind trug einen Duft nach Erde heran wie von fernher. Etwas fiel um, wo?, es gab einen dumpfen Schlag. Die Zeit war lang gewesen. Jetzt aber, schon jetzt ereignete sich das Wahre.

SCHWARZMETALL

Niemand weiß, was hätte geschehen können.

Niemand? Doch, der Ort weiß es. Der Ort, an dem es nicht geschah. An dem nicht geschah, was hätte geschehen können.

Wir können uns verstecken vor den Augen der Menschen, nicht aber vor den Augen des Ortes, an dem wir uns verstecken. Der Ort ist nicht blind. Er ist nichts als die Augen, die er auf sich wirft. Ein Ort: das ist das Sich-selbst-Erscheinen des Raums an einer bestimmten Stelle des Raums. Er ist dieses Erscheinen, nur dies. Jeder Ort ist das Aufscheinen seiner selbst in sich selbst: mit seinen eigenen Augen.

Arne hat sich diese Sätze notiert. Er arbeitet an einer philosophischen Theorie des Ortes und des Raums; die Studenten und Kollegen hören ihm gerne zu. Arne ist davon überzeugt, dass seine Theorie, deren zentrale Stücke er für sich behält, solange sie nicht publiziert sind, als ein wichtiger Beitrag zur philosophischen Debatte des einundzwanzigsten Jahrhunderts gewürdigt werden wird. Aber er lässt sich Zeit damit, seine Erkenntnisse aufzuschreiben, in Form zu bringen. In den Seminaren spart er die ihm wichtigsten Punkte aus. Die Philosophie, so sieht er es, befindet sich seit Heideggers *Sein und Zeit* im Stillstand. Es besteht kein Anlass zur Eile.

Es kommt alles darauf an, die Welt, wie sie ist, aus den Angeln zu heben. Auf unscheinbare Weise, aber umso zerstörerischer aus den Angeln zu heben. Langsam die Pfeiler anzusägen, auf denen sie ruht, bis alles auf einen Schlag einstürzt. Ein unsichtbares Feuer zu legen, das von innen die Dinge aushöhlt, bis der sanfteste Windhauch ausreicht, sie, die an der Oberfläche Unversehrten, zu farbloser Asche zu zerblasen.

Arne schreibt kaum einen Satz, ohne an das zu denken, was hätte geschehen können, früher, als er jünger war; kein Tag vergeht, ohne dass er daran denkt. Oft geschieht es, dass mitten im Gespräch mit einem Freund, beim Bier, oder mit den Studenten im Seminar, während jemand den Namen Heidegger sagt, die Bilder dessen sich vor das Gegenüber schieben, was hätte geschehen können. Das ist nicht schlimm, denn Arne findet es wichtig, diese Dinge nicht zu verdrängen, auch wenn er sie für sich behält. Sie für sich zu behalten, ist noch wichtiger, als sie nicht zu verdrängen.

Nur mit Marie ist alles ganz anders. Auch sie weiß nichts davon, es wäre nicht von Vorteil, wenn sie es wüsste. Aber in ihrer Gegenwart kann er aufhören, an die Bilder zu denken. Von Anfang an war Marie nicht nur Marie, sondern sie war die Erlösung von den Bildern. Wie ein neuer Mond war Marie in Arnes Leben aufgegangen und hatte sich vor die Bilder geschoben.

Arne liebt Marie. Das kann ich aufrichtig sagen, denkt er oft. Will er aber mit den Bildern zusammensein, sie in sich aufrufen, sich an sie verlieren, muss er von Marie weg. Dann zieht er es vor, den Tag ganz allein zu verbringen, am liebsten gehend. In der Stadt, hinaus aus der Stadt, Hauptsache gehen. Bevor die Bilder sich rächen, denkt Arne dann, muss ich den Bilderdienst leisten.

Bevor die Kälte sich einschleicht.

Die Kälte, die ich seit einiger Zeit Marie gegenüber empfinde, ist das Unheimliche. Dass ich mit meinem Verstand nicht durchdringen kann, ob die Kälte daher kommt, dass ich mich nicht von den Bildern habe lösen können, oder ob nicht vielmehr der Verrat an den Bildern für sie verantwortlich ist.

Dass ich nicht weiß, ob die Kälte gut oder schlecht ist.

Ob ich mich nicht selbst aufgebe, wenn ich die Kälte aufgebe. Und ob ich nicht Marie aufgebe, wenn ich mich selbst aufgebe. In diesem Punkt kommt Arne nicht weiter. Er vermutet, dass es sich um den alles entscheidenden Punkt handelt.

Jeder muss doch er selbst sein können, hat sogar die Pflicht, unverstellt er selbst zu sein. Wenn ich aber immer nur ich selbst gewesen wäre, hätte ich Marie nicht kennengelernt. Dann wäre alles ganz anders gekommen. Dann wäre geschehen, was nicht geschehen ist.

Vielleicht will die Kälte, dass es doch noch geschieht, denkt Arne.

Heute Nachmittag treffe ich Jonas in der Stadt, auf ein, zwei Bier, sagte Arne.

Ach so, Jonas triffst du, sagte Marie.

Ja.

Arne überlegte, ob etwas Beleidigtes in der Art lag, wie Marie »Ach so« und »Jonas triffst du« gesagt hatte, aber er entschied sich gegen diese Möglichkeit. Es war klar, dass Marie heute nichts zu tun hatte, sonst hätte sie nicht mit kleinen Augen und unordentlich hochgesteckten Haaren auf der Fensterbank gesessen und geraucht. Sonst hätte sie nicht um zehn Uhr noch ihre Trainingshose an, die mit den weißen Streifen an der Seite.

Er sah sie gerne so. Wenn sie sich, wie sie immer sagte, noch nicht fertiggemacht hatte. Gleich, dachte Arne, wird sie entweder sagen: Ich muss mich fertigmachen, oder: Heute mache ich mich nicht fertig. Wahrscheinlich war heute letzteres der Fall; auf der Küchenablage lag bereits der Zettel, auf dem Marie die Sachen notiert hatte, welche Arne aus der Stadt mitbringen sollte. Es würde ein warmer Tag werden; Marie ging nicht gerne bei Wärme in die Stadt. Überhaupt blieb sie gerne daheim, und wenn sie daheim blieb, brauchte sie sich nicht fertigzumachen.

Arne war es recht, gerade heute. Er wollte, bevor er Jonas traf, noch in der Stadt herumgehen, aber das brauchte Marie nicht zu wissen, dafür hatte sie meistens kein Verständnis. Erst recht nicht, wenn er sagte, dass er auch ein wenig am Stadtrand ins Grüne gehen würde. Warum machen wir nichts zusammen, würde Marie dann sagen. Dabei hatte sie gelernt, alleine zu sein, das konnte sie jetzt, anfangs war es noch ein Problem gewesen. Jeder Versuch Arnes, ohne bestimmten Grund einen freien Tag alleine zu verbringen, war anfangs von Marie als Beleidigung aufgefasst worden, sie hatte sich zurückgestoßen gefühlt, vielleicht ihm auch einfach nicht geglaubt. Das hing Arne jetzt noch nach, weshalb er, wenn er allein sein wollte, meistens einen Vorwand suchte oder einfach log.

Ich muss gleich auch schon in die Bibliothek, log Arne jetzt. In die Bibliothek zu müssen, war etwas anderes, als allein in der Stadt oder am Stadtrand herumzugehen. Jederzeit konnte man als Philosoph etwas in der Bibliothek zu tun haben, die von früh bis spät und sogar sonntags geöffnet war.

Marie schien es recht zu sein. Wäre es nicht so gewesen, hätte Arne es ihr angesehen. Sie konnte sich nicht gut verstellen; automatisch zogen sich ihre Mundwinkel nach unten, wenn ihr etwas nicht passte.

Bringst du das mit, sagte Marie, nur die paar Sachen.

Ja.

Arne mochte diese sorgsam geschriebenen Zettel nicht. Sag's mir doch einfach, ich brauche keinen Zettel, hatte er früher manchmal gesagt, sich jetzt aber daran gewöhnt. Maries aufs Praktische fixiertes Wesen konnte ohne solche Zettel nicht existieren.

Am Abend bin ich wieder da, sagte Arne, nicht spät. Lass uns essen gehen. Gegen neun. Dann brauchen wir nichts zu kochen.

Ja, sagte Marie, die jetzt an der Spüle stand und den Wasserhahn laufen ließ. Nie tat sie das Frühstücksgeschirr in die Spülmaschine.

Und was machst du heute tagsüber, wollte Arne wissen.

Ach nichts. Setze mich ein bisschen raus, mache Ordnung auf dem Balkon. Heute mache ich mich nicht fertig. Erst am Abend dann. Sie freute sich auf den Abend, das war klar.

Auch Arne freute sich auf den Abend, aber er hatte das Gefühl, sich zu dieser Empfindung erst zwingen zu müssen. Etwas Trennendes stand nicht nur zwischen jetzt und dem Abend, sondern auch zwischen ihm und Marie. Das Trennende war nicht immer da, aber jetzt war es greifbar. Er kam sich vor wie ein Lügner, der es nicht verdient hatte, mit jemandem zusammen zu sein, sein Leben zu verbringen, das Leben des anderen zu beanspruchen.

Erst recht nicht Maries Leben.

Warum war das so? Etwas schien Arne aus diesem Leben ziehen zu wollen, das er lebte. In ein anderes Leben hinein, von dem er wusste, was es war, und gleichzeitig wusste er es nicht. Eigentlich hatten sie es schön. Zu zweit. Wie alles war, das war nicht schlecht. Aber es genügte nicht.

Warum genügte es Arne nicht?

Er hatte Angst vor diesem Ungenügen. Manchmal spürte er es in sich wachsen, als wäre es eine in seinem Körper sich ausbreitende Pflanze. Ein Flimmern, das den Kontakt zur Außenwelt bedrohte, ihn unaufmerksam, fahrig, dann übelgelaunt werden ließ. Ein großer Durst. Er war froh, dass Marie kein Kind wollte.

Also bis später, sagte Arne, als Marie schon auf dem Balkon saß. Sie las.

Sag dem Schriftstellerbürschchen einen Gruß, sagte sie, ohne aufzublicken und sich umzuwenden.

Ach was, machte Arne und lachte. Dann griff er Marie von hinten unters Kinn, wie sie es mochte, und hob sanft ihren Kopf an. Sie wendete sich halb um, und er gab ihr einen Kuss auf den Mund.

Wie alles sich eingespielt hatte, die Gesten. Wenn sie Sex hatten, wollte Marie, bevor Arne sein Glied in sie schob, gewürgt werden, und er durfte sie, wenn er wollte, auch ohrfeigen, das gefiel beiden. Es war etwas tief aus der Natur Kommendes, es war das Normale, auch wenn sie das Normale erst zu entdecken gehabt hatten.

Möglich, dachte Arne, dass für die, die heute jung sind, fünfzehn, zwanzig, das Normale als das Normale da ist. Dass es für sie nichts zu entdecken gibt, weil alles schon vorhanden ist.

Aber vielleicht stimmte das gar nicht.

Marie mochte Jonas nicht. Allerdings kannte sie ihn auch kaum, hatte ihn nur zwei, drei Mal gesehen. Sie nannte ihn das Schriftstellerbürschchen oder den Schwarzkittel. Weil er immer schwarz trug und glaubte, ein Schriftsteller zu sein. Dabei kann der gar nichts, war Marie überzeugt, und Arne fand, dass sie recht hatte.

Auch Arne mochte Jonas nicht, jedenfalls jetzt nicht mehr. Dabei waren sie in der Jugend die besten Freunde gewesen. Sie waren in demselben Dorf in einiger Entfernung von der Stadt aufgewachsen, in der beide jetzt lebten. Arne hatte Philosophie, Jonas Psychologie studiert, aber schon vorher hatten sie sich auseinandergelebt und zeitweilig auch ganz aus den Augen verloren. Jetzt trafen sie sich manchmal wieder auf ein paar Bier in der Stadt, alle paar Monate.

Jonas hatte vor einiger Zeit in irgend einem Verlag seinen zweiten Band mit Erzählungen veröffentlicht. Arne fand den früheren Freund eitel, die Erzählungen mochte er nicht. Die Geschichten, die Jonas sich ausdachte, sollten phantastisch, magisch oder surrealistisch sein, aber Arne fand, das war nur die Ausrede dafür, dass sie schlecht geschrieben waren. Im Grunde beherrschte Jonas die Sprache gar nicht, alles war voller Fehler. Firlefanz. Es war Arne unbegreiflich, wie so jemand dazu kam, ein Buch zu veröffentlichen, und dass überhaupt Leute zu Jonas' Lesungen kamen. Diesem Nichtskönner und

Langweiler zuhörten. Die Lesungen waren nicht schlecht besucht, Arne war einmal bei einer gewesen. Lauter Subkulturleute. Schwarzkittel halt. Auch auf dem Wave-Gotik-Festival in Leipzig hatte Jonas gelesen, alberner geht's nicht, dachte Arne. Jonas redete gern von sich, Arne war das verhasst.

Wann hatte er selbst aufgehört, immer nur schwarz zu tragen? Mit Anfang zwanzig war das gewesen, Ende der Neunziger. Damals schnitt Arne sich die Haare ab, die vorher lang gewesen waren, kaufte sich neue Klamotten und war ein anderer Mensch. Er studierte Philosophie, in aller Ernsthaftigkeit, ja mit Fanatismus, verbrachte die meiste Zeit lesend. Dass er Professor an der Uni werden würde, hatte er damals nicht gedacht, es ergab sich so. Musik hörte er jetzt kaum noch, dabei war er vorher süchtig nach Musik gewesen. Black Metal. Marie hatte er erst während des Studiums kennengelernt; sie konnte sich nicht vorstellen, dass Arne einmal lange Haare gehabt und jeden Tag Springerstiefel, Lederhose und Lederjacke getragen hatte. Jeden Tag war er so zur Schule gegangen; Marie musste lachen, wenn sie es sich vorstellte. In einen solchen Arne hätte sie sich vielleicht nicht verliebt, aber ganz sicher sein konnte sie sich nicht.

Warum hast du dich so angezogen, wollte sie manchmal von Arne wissen, dabei war es eigentlich eine langweilige Frage. Überall gab es ja Jugendliche, die so herumliefen, und durch die Subkulturen war es in die Popkultur und von dort in die Alltagsmode eingedrungen. Mainstream sozusagen. Gerade deshalb fand sie es merkwürdig, dass Arne nicht auch stolz darauf war, schon viel früher so ausgesehen zu haben als die anderen. Vorreiter gewesen zu sein. Konnte man damit nicht ein bisschen kokettieren, angeben, machte es einen nicht interessanter? So alt war Arne jetzt auch noch nicht, noch keine Vierzig. Wenn Marie sich vorstellte, er zöge sich jetzt wieder so an, gefiel es ihr eigentlich nicht. Oder doch ein wenig? Vielleicht hätte es sie gar nicht gestört.

Bist du nicht doch ein bisschen stolz darauf?

Nein, war er nicht.

Hattest du damals eigentlich vorgehabt, dich tätowieren zu lassen oder Piercings zu tragen?

Nein, hatte er nicht.

Wenn du die Gothics so verabscheust (aus Jonas war irgendwie ein Gothic geworden), bist du dann eher auf die richtigen Metal-Festivals gegangen? Wacken?

Nein, nie, wo denkst du hin.

Da werden die für sonderbar gehalten, sagte Marie, aber du warst, glaube ich, noch viel sonderbarer …

Einmal hatte sich Marie die CDs angeschaut, die Arne früher gehört hatte; er besaß noch einen großen Stapel dieser CDs. Die darauf abgebildeten Musiker trugen nicht nur Stiefel und schwarzes Leder, sondern behingen sich auch mit Ketten, Nieten, Patronengurten. Hatten weiß getünchte Gesichter mit schwarzer Bemalung um Mund und Augen. Das sollte wohl besonders furchteinflößend und dämonisch aussehen.

Ob Arne sich auch manchmal so bemalt hat?

Nein, so ein Quatsch (aber das war gelogen).

Eigentlich alles ziemlich schwul, lachte Marie, und Arne musste auch darüber lachen. Was ja nichts schlimmes wäre, fügte sie hinzu, als müsste sie sich vor Arne rechtfertigen.

Nein, das wäre es nicht.

Dann fiel ihr auf, dass auf den Covern der CDs gar keine Monster abgebildet waren, noch auch, was man sich sonst unter einem Heavy-Metal-Cover vorstellt, sondern Landschaften, Wälder, Seen, Nebel und Schnee, Felsen. Am Himmel kreisende, auf Tannen hockende Raben. Und wenn Monster, dann keine Zombies, sondern Trolle, Gnome und andere Wesen aus den Sagen und Märchen. Eigentlich ziemlich romantisch, sagte Marie, und erinnerte sich an die eigenen Spaziergänge im Herbst und im Winter, früher mit den Eltern, jetzt mit Arne. Erinnerte sich an nasses Gras, kahle Äste, buntes, am Boden moderndes Laub. Die Stille, Marie mochte die Stille. Das Bild eines Weihers tauchte vor ihr auf, war sie einmal dort gewesen oder hatte sie es bloß geträumt.

Das Wort Romantik gefiel Arne nicht, er wollte es nicht hören.

Naturmystik? Auf einer der CDs befand sich ein Werbeaufkleber; die Musik wurde da als naturmystisch beworben.

Kitsch, fand Arne.

Eigentlich ist das doch alles wie in den Kurzgeschichten des Schriftstellerbürschchens, sagte Marie. Da gehen doch auch die Menschen durch Nebel und Schnee, sind einsam; wohnen in abgelegenen Hütten im Wald oder im Gebirge, wo Unheimliches oder Kurioses passiert. Und manchmal kommen auch Black Metaller vor, die sich verirren, und dann werden ihre geheimen Fantasien wahr, nicht? Sind die Texte dieser Bands auch so schlecht geschrieben wie die Kurzgeschichten von Jonas, wollte Marie wissen.

Zu ihrer Überraschung reagierte Arne wütend auf die Frage. Das eine habe mit dem anderen überhaupt nichts zu tun, sie solle das nicht vergleichen.

Warum nicht, wollte sie wissen.

Es ist etwas anderes.

Warum soll es etwas anderes sein. Jonas hört doch auch diese Musik, und Leute, die diese Musik hören, kommen zu seinen Lesungen.

Glaub mir, es ist etwas anderes.

Merkwürdig, dachte Marie. Da tat Arne immer so, als wollte er mit seiner Vergangenheit nichts zu tun haben, als wäre er ein ganz anderer geworden, und nun glaubte er, die angeblich so kitschige und wertlose Musik, die ihm früher etwas bedeutet hatte, jetzt aber nichts mehr, gegen die an sich vollkommen gleichgültigen Kurzgeschichten von Jonas verteidigen zu müssen?

Marie musste sich's irgendwie zusammenreimen. Gewiss, es gab wichtigeres, aber es berührte Arne, es regte etwas Tieferes in ihm auf, das spürte sie. Als wäre da etwas Ungelöstes. Etwas, mit dem Arne noch nicht abgeschlossen hatte, auch wenn er es nicht zugeben wollte.

Einmal hatte Marie darauf bestanden, ein paar dieser CDs einzulegen, abends, warum nicht? Die einzelnen Lieder waren sehr lang und monoton, immer wiederkehrende Tonfolgen, die sich mit Naturgeräuschen mischten, Donner, Wind, Rabengeschrei, Grillengezirpe. Auch der Gesang war wie Rabengeschrei oder ein sehr hohes, fast hysterisches Kreischen, das hinter den flirrenden Gitarren und dem langsam oder schnell polternden Schlagzeug verschwand und wieder auftauchte. Kaum Bass, Marie mochte aber Bass. Es gefiel ihr nicht, aber sie verstand, dass man diese Art von Musik faszinierend finden konnte, dass man, wenn man jung war, diese Stimmung um sich haben wollte.

Warum nicht? Jonas wollte diese Stimmung offenbar noch jetzt um sich haben, sie in seinen Kurzgeschichten transportieren. Immer mehr Leute schienen das zu mögen, er hatte einen gewissen Erfolg. Die Kurzgeschichten waren Mist, das war klar, aber das konnte nicht alles sein, was Arne daran störte. Und was es war, das ihn störte, dahinter kam Marie nicht.

War es Neid, weil Jonas mit seinem Mist als freier Schriftsteller leben konnte (wie immer er das schaffte), während Arne sich an den Universitätsbetrieb anpassen musste? Er hatte sich aber noch nie beklagt, es schien ihn nicht zu stören. Und auch er selbst schrieb ja. Arbeitete an seiner Theorie des Ortes und des Raums, über die er allerdings wenig erzählte. Er hatte sich bereits einen Namen gemacht, es war abzusehen, dass sein Erfolg ein nachhaltigerer sein würde als der des Schwarzkittels. Die Verpflichtungen, die Arne darüberhinaus hatte, die Seminare, schienen ihn nicht sehr zu belasten (eher war es Marie, die ihn manchmal belastete durch ihr Bedürfnis nach Nähe).

Vielleicht klärte es sich noch, vielleicht nicht. Über manches ging das Leben gerne hinweg, es gab wichtigeres. Am Ende blieb gar keine Zeit, alles zu lösen, alle Fragen zu beantworten, dachte Marie. Man muss froh sein, wenn man gesund bleibt und es schafft, füreinander da zu sein. Vielleicht bildete sie sich manches auch bloß ein. Sie wollte, dass es Arne gutgeht.

Als er das Haus verließ, bemerkte Arne, dass die Aussicht, am Nachmittag Jonas treffen zu müssen, ihm die Laune verdorben hatte. Er würde versuchen müssen, sich in den nächsten Stunden ein wenig aufzuheitern. Meistens gelang das im Gehen. Aber er hatte schon wieder Hunger, weil er zu wenig gefrühstückt hatte. Beim Italiener würde er einen Salat essen.

Er setzte seine Sonnenbrille auf und ging.

Es war ein windiger, blauer, warmer, aber nicht heißer Junitag mit kleinen Wolken, die am Nachmittag vielleicht aufquellen würden. Arne hatte ein weißes T-Shirt ohne Aufdruck angezogen, darüber die alte, hellblaue Jeansjacke. Vielleicht war es dafür schon zu warm, aber es war besser, sie dabei zu haben. Die Hose, die er trug, war weit und bequem; braun, aus weichem Stoff, mit großen Taschen an den Seiten der Beine. In die rechte der Taschen hatte er ein dünnes, leichtes Notizheft und einen Kugelschreiber getan; es kam oft vor, dass er sich, wenn er unterwegs war, Notizen machte. Es war ihm wichtig, in der Freizeit nicht wie ein Professor auszusehen; schon gar nicht wie ein Jungprofessor wollte er aussehen.

Es war nichts besonderes, wie er aussah, und so passte es ihm. Andererseits fühlte er sich zu alt, um anzuziehen, was er heute angezogen hatte, und was er meistens anzog, wenn er nicht ins Seminar musste. Vor kurzem, an einem Tag, an dem er genau diese Sachen getragen hatte, die er jetzt trug, hatte er zu Marie gesagt: Dafür bin ich bald zu alt. Marie hatte gelacht und gesagt: So sehen die Leute doch heute noch mit siebzig aus.

Da hatte sie recht gehabt. Es gab jetzt das Einheitsoutfit für Männer; vom Kleinkind- bis ins Greisenalter konnte es getragen werden. Es war lässig, aber in keiner Richtung übertrieben. Es sah so aus, wie Arne aussah; er hatte nichts dagegen. Er brauchte sich nicht zu unterscheiden, wollte lieber unauffällig sein. Dass man das Unauffällige mit dem Lässigen verbinden konnte, gefiel ihm, es kam ihm entgegen, und Arne stand es, keine Frage. Wem es nicht stand, der sah aus wie ein Clown, was nichts daran änderte, dass sich alle so anzogen und in ihren Jeansjacken herumstolzierten, als wäre allein dies schon eine besondere Leistung. Auch Arne tat das in gewisser Weise, und es war ihm recht. Im Unterschied zu der Mehrheit, die es nicht zu wissen schien, wusste er, dass er in Modesachen ein Angepasster war, ein Populist sozusagen. Er kam meistens ganz gut an.

Unterschied es sich so sehr von dem, wie er vor zwanzig Jahren ausgesehen hatte?

Im Grunde hätte jeder der sein können, der er vor zwanzig Jahren war. Jedem hätte geschehen können, was Arne (und Jonas) nicht geschehen war, es gab für jeden diese Möglichkeit. Es gab keine Unterschiede mehr, alles war gleich geworden, es war nur die Natur, nichts weiter. So wie es die Natur war, dass er Marie würgte und ohrfeigte, wenn sie im Bett waren. Sein Glied in sie schob oder es ihr in den Mund steckte, so wie es schon immer auf der ganzen Welt getan worden war. Dass er so tat, als müsste sie das, was sie tun wollte, wonach sie sich den ganzen Tag gesehnt hatte, unter Zwang tun.

Schon wie die Menschen einander anblickten, beneideten, umwarben, anfeindeten, Macht übereinander ausüben wollten und tatsächlich ausübten, war es ein und dasselbe, ein und dieselbe Natur, die Äußerungen dieser Natur unterschieden sich im Grunde nicht. Jeder steckte sein Glied in den anderen, egal wen. Jeder tat es auf seine Weise, es war gleichgültig, auf welche Weise es geschah.

Der Mensch brauchte sich nicht mehr gegen die Natur zu wehren. Jahrtausendelang hatte sich der Mensch gegen die Natur gewehrt, den Kampf aber aufgegeben und verloren. Jetzt lag in allem nur noch die Natur vor, unverstellt, und alle neuen Versuche einer Verstellung, Bewältigung, Überwindung waren nicht nur zum Scheitern verurteilt, sondern bereits gescheitert, von vornherein, immer schon, auf die traurigste, hilfloseste, hassenswerteste Weise.

Es gibt solche neuen Versuche, sie müssen schon im Ansatz vernichtet werden, dachte Arne, während er genoss, wie der warme Juniwind ihm gegen den Hals, ins Gesicht, in die Handflächen und zwischen die Finger blies. Am liebsten wäre er nackt gegangen, um den Wind am ganzen Körper zu spüren. Andererseits störte die Kleidung nicht sein Wohlbefinden, es war die gute Gehkleidung, er schwitzte nicht.

Als er vor die Tür getreten und auf die Straße gebogen war, hatte er vergessen gehabt, dass er hinausgegangen war, um allein mit den Bildern zu sein, um den Bilderdienst anzutreten. Der Tag war so schön, dass er sich vielmehr nur auf den zu gehenden Weg gefreut hatte.

Alles zu sehen, wie es war; das Licht, die Farben, die Freitagsmenschen, ihr langsam einsetzendes Wochenendgetue. Auch war jetzt Fußballweltmeisterschaft, daran hatte er noch gar nicht gedacht.

Er war lange gegangen, hatte Umwege gemacht, seinen Hunger wieder vergessen. Erst viel später fiel ihm auf, dass er unterwegs außer dem Gefühl des Windes nichts wahrgenommen hatte. So gut wie nichts gesehen. Er war die ganze Zeit in Gedanken gewesen. Den Italiener in der Altstadt hatte er irgendwann automatisch angesteuert, ohne daran zu denken, wohin er ging. Jetzt war er da, nahm Platz. War er in Gedanken gewesen oder bei den Bildern, fragte er sich.

Beides.

Er hatte, während er bei den Bildern war, über die Natur, den Ort, den Raum nachgedacht. Nachgedacht in Anwesenheit der Bilder, durch die Bilder hindurch, kraft der Bilder. Die Bilder waren immer irgendwie dabei. Seine Philosophie entstand, sie gewann Form, indem er die Bilder mitwirken, die Bilder denken ließ, nur so ging es.

Was Jonas tat, war der Verrat.

Zu dem Italiener ging er gerne. Man konnte dort im Freien auf bequemen Stühlen an stabilen Tischen sitzen; Arne hasste es, im Freien zu essen, wenn der Tisch wackelte.

Das Lokal befand sich an einem kleinen Platz; in Sichtweite eine Bäckerei mit Café, ein kleiner Park, ein paar Geschäfte. Ein paar Linden, sie hatten bereits zu blühen begonnen, Arne liebte den Duft. Hier war immer etwas Betrieb, aber nicht soviel wie auf dem Marktplatz, in den Einkaufsstraßen. Mittags waren die meisten Tische sogar leer, erst abends füllte es sich.

Jetzt waren außer Arne nur zwei weitere Männer da, etwas jünger als er, er schätzte sie auf dreißig. Sie hatten bereits aufgegessen und fragten den Kellner, ob sie rauchen dürften. Natürlich durften sie, im Freien, aber der Aschenbecher musste erst gebracht werden, und Arne wurde gefragt, ob ihn das Rauchen störe.

Nein, es stört mich nicht, sagte Arne.

Zu seiner Überraschung wurden dann nicht Zigaretten geraucht, sondern Zigarren, das hatte er nicht erwartet. Den Geruch mochte er nicht, aber natürlich ließ er sich nichts anmerken. Dass jetzt Zigarrenqualm sich in den Lindenblütenduft mengte, ärgerte ihn.

Die albernen Zigarrenbürschchen, dachte er.

Wie sie da saßen, zurückgelehnt, mit genießerisch zusammengekniffenen Augen. Wie das aussah, wenn sie die dicken Rollen in die Münder nahmen, daran sogen, sie wieder aus den Mündern nahmen, die sie aber noch geöffnet hielten, mehrere Augenblicke lang hielten sie mit runden Lippen stets noch die Münder geöffnet, wenn schon keine Zigarre sich mehr darin befand. Sie sagten die Namen von Zigarren vor sich her und taten so, als wüssten sie die korrekte Aussprache. Bestimmt wussten sie generell alles besser als die anderen, man sah es schon an der Art, wie sie ihre Köpfe bewegten. Sie schienen auf die unangenehmste Weise mit sich im Reinen zu sein; wie ist das möglich, dachte Arne, so mit sich im Reinen zu sein.

Er aß seinen Salat schneller als sonst. Wein oder Bier trank er nicht, nur Wasser. Nach dem Essen einen Espresso.

Er hatte das Gefühl, nüchtern sein zu müssen, wenn er Jonas gegenübertrat. Dann erst ein Bier oder zwei; lange würde er es heute nicht durchstehen.

Das Gespräch der beiden Raucher ging ihm auf die Nerven. Jetzt machten sie sich über Schwule lustig, empörten sich, die Schwulen wollten die Gesellschaft unterwerfen, die Familien zerstören.

Arne dachte an ein Video, das ihm ein schwuler Kollege von der Uni, mit dem er sich gut verstand, einmal gezeigt hatte. Zwei Männer mit Ledermützen, in Lederjacken und Lederhandschuhen waren zu sehen gewesen. Sie rauchten Zigarren, bliesen sich gegenseitig den Rauch ins Gesicht, immer wieder küssten sie einander. Das gefällt mir, hatte der Kollege gesagt, er machte daraus keinen Hehl. Das ist mein Fetisch, hatte er gesagt, das findest du bestimmt komisch.

Arne fand es aber gar nicht komisch, warum sollte er es komisch finden. Er fand es in Ordnung, warum sollte es das nicht geben. Es war interessant, es war die Natur.

Bei Youtube fand man viele solcher Videos, von Paaren oder Einzelnen gedreht, dann ins Internet gestellt, für jeden sichtbar, das Immergleiche. Im Grunde war es nur ein einziges Video, die ganze Natur ist nur ein einziges Video, dachte Arne jetzt. Das Immergleiche ist das Interessante.

Gewiss masturbierten die beiden Bürschchen zu solchen Videos, wenn sie für sich waren. Jeder allein in seinem Kämmerchen. Und gewiss verheimlichten sie es voreinander, taten so, als wäre das nicht, als spielte es keine Rolle. Verheimlichten es, während sie zusammensaßen und rauchend einander den heterosexuellen Herrenmenschen vorspielten.

Ob sie wohl Freundinnen haben, fragte sich Arne, und wusste es nicht. Was sie sich wohl vorstellen müssen, wohin sie ihren Geist lenken müssen, um bei ihren Freundinnen zum Orgasmus zu kommen. Irgendwann heiraten sie, obwohl die Freundinnen schon vorher genau wissen, dass sie einen schwulen Mann heiraten werden. Ihr ganzes Leben lang tragen die Frauen dieses Geheimnis mit sich herum, dachte Arne, und verlieren zu niemandem je ein Sterbenswörtchen darüber. Lieber verrecken sie. Aber erst recht würden sie verrecken, wenn sie mit jemandem darüber sprechen müssten, wenn ihnen jemand auf die Spur käme.

Arne hatte Lust, den beiden zu sagen, dass er sie für schwul hielt, stand aber nur auf, legte das Geld auf den Tisch und ging.

Er war unruhig, während des Essens war er unruhig geworden. Die Pflanze der Unruhe, die vorher irgendwo tief innen zusammengerollt gewesen war, hatte sich entrollt und füllte den ganzen Körper aus. Arne hatte Durst, wollte auf der Stelle ein Bier, riss sich aber zusammen. Ein Bier hätte nicht genügt, auch zwei nicht, drei nicht, vier nicht. Alles, was war, die ganze Welt, sah er flüssig werden. Er schüttete die flüssig gewordene Welt in einem Zug hinunter in das Loch, das er war; es schmeckte nach nichts, es genügte nicht.

Autos fuhrend hupend an ihm vorbei, an den Autos und aus den Fenstern der Autos hingen Deutschlandfahnen. Hände, Köpfe, schreiende Münder. Deutschland hat sein Spiel gewonnen, dachte Arne; soweit er wusste, was es erst die Vorrunde, die sogenannte Gruppenphase.

Dann ging er in eines der Lotto- und Zigarettengeschäfte, wie es sie in jeder Stadt gibt. Er füllte einen Lottoschein aus, das hatte er noch nie gemacht; er fand, das könnte ihn beruhigen.

Außer dem Tresen, an dem die Lottoscheine und ein paar Kugelschreiber auslagen, gab es in dem Laden nur Zigaretten und ein paar Zeitungen. Wenige Süßigkeiten, sonst nichts. Die Frau, die den Lottoschein entgegennahm und siebzehn Euro dafür kassierte – Arne hatte zwei Felder ausgefüllt und sich entschieden, vier Wochen lang zu spielen, mittwochs und samstags –, hatte rote Fingernägel, viele Falten, eine dunkle Stimme und schaute ihn kaum an, das gefiel Arne. Mag sein, dachte er, dass der Fußball und der Alkohol die Gewalt hegen und Schlimmeres verhindern: die Lotto- und Zigarettengeschäfte dagegen sind aktiv friedensstiftend.

Nur die Einzelnen und Vereinzelten gingen ja in diese Läden, er hatte es schon desöfteren beobachtet, ohne je hineingegangen zu sein. Noch nie hatte Arne zwei Kunden gleichzeitig in einem solchem Laden gesehen; eben dies war das Friedliche. Ein neuer Kunde schien immer erst zu kommen, wenn der vorige bereits in ausreichender Entfernung war, es gab, fand Arne, kein gelungeneres Bild einer friedlichen Welt.

Aber was interessiert dich eigentlich der Frieden, dachte Arne. Der Frieden schmeckte nicht besser als die flüssig gewordene Welt, die er gerade in sich hinuntergeschüttet hatte.

Unter Linden, die stark dufteten, setzte er sich auf eine Bank; auf der Wiese vor ihm tobten zwei Hunde. Sie taten so, als gingen sie aufeinander los, es war nur Spiel. Sie sprangen hoch, stießen in der Luft aneinander, der eine Hund fiel auf den Rücken, der andere stürzte sich auf ihn. Der Unterlegene wehrte sich nicht, sondern streckte den Kopf zurück, soweit er konnte, um seine Kehle dem Sieger preiszugeben, der sein Gebiss drohend über sie hielt, ganz nahe. Der eine Hund musste den Atem des anderen an seiner Kehle spüren, aber er schien keine Angst zu haben.

So schnell ist man über die Angst hinaus, dachte Arne.

Ein schneller Biss würde genügen. Spritzte jetzt Blut, wäre es schon gleichgültig. Natürlich nicht für die Menschen drumherum, die sich einredeten, das Gleichgültige nicht zu kennen.

Was zwischen den Hunden jetzt stattfand, war kein Spiel mehr, aber auch noch kein Ernst. Nur eine Geste. Die Menschen waren verlogen genug, für die Wahrheit dieser Zwischenräume und Zwischenzustände noch keine Sprache gefunden zu haben; die Sprache war bis heute das System der Lüge geblieben. Ein Urbild hatte sich hergestellt, die beiden Hunde formten einen einzigen Körper, dessen Name Eros war. Gewiss, diesen Namen gab es, aber es war ein einsamer Name, von keiner Sprache umgeben, sondern nur von Sprachlosigkeit. Für immer würden die Hunde jetzt in dieser Position bleiben, es war die Ewigkeit.

Ich treffe Jonas nicht, dachte Arne. Gehe nicht hin.

Er dachte an einen Traum, den er gehabt hatte, als er Marie gerade kennengelernt hatte, gleich nach der ersten oder zweiten Begegnung war es gewesen. Damals, vor mehr als zehn Jahren, hatte er es für bedeutungslos gehalten, ein Traum halt, aber das Bild war so stark gewesen, dass es sich ihm eingeprägt hatte.

In dem Traum hatte er sich mit Marie und Jonas (die einander zu diesem Zeitpunkt in Wirklichkeit noch nicht kannten) zu einem Spaziergang im Heimatdorf verabredet, sie wollten auf den Hügel zu der Aussichtsstelle, an der er sich früher immer mit Jonas getroffen hatte.

Es sah alles ganz anders aus, sie gingen über Almwiesen, vorbei an verfallenen Hütten und Stapeln von Holz. Dann mussten sie sich, weil der Hang zur Seite so steil wurde, eng an einem Polter entlangpressen; lange, mächtige Baumstämme lagen dort aufgeschichtet; der Hang war matschig. Erst als sie das Ende des Holzstoßes fast erreicht hatten, bemerkten sie, dass die Baumstämme auch in der Luft über ihnen hingen; es war nicht zu durchschauen, wie das sein konnte. Schon knarrte es, gleich würden die Stämme zu Boden krachen.

Arne und Jonas gelang noch der Sprung nach vorne, Marie wurde unter den Baumstämmen begraben, sie war sofort unsichtbar. Immer mehr Stämme fielen auf die Stelle, wo Marie liegen musste; ein See von Baumstämmen breitete sich aus, Arne und Jonas mussten immer weiter zurückweichen, es war nichts zu machen. In dem Getöse vernahm Arne ein Stöhnen oder Wimmern; es kam von unter den Baumstämmen her. Selten hatte er ein jämmerlicheres Geräusch gehört, ihm wurde noch heute komisch, wenn er daran dachte.

Der Bus ins Heimatdorf fuhr stündlich. Wird die Zeit reichen, dachte Arne; abends musste er ja bei Marie sein.

Trotzdem beeilte er sich nicht, zur Bushaltestelle zu kommen, er ging langsam. Vielleicht würde er Marie anrufen und eine Ausrede erfinden. Den Abend an dem Ort verbringen, der Aussichtsstelle. Auf den Felsen, im Rücken der Wald. Der Nacht verschworen, hoch über den Lichtern des Dorfs, den Lichtern der anderen Dörfer, den fernen Lichtern der Stadt. Nachts erst mit dem Taxi heim. Vielleicht wäre er nicht der einzige an dem Ort, vielleicht würde er jemandem begegnen und … – –

Es war ein Wunder, dass Arne und Jonas nie jemandem begegnet waren, wenn sie ihre Abende und Nächte dort verbrachten, früher; dass Arne, wenn er allein dorthin ging, nie jemandem begegnet war. Es hätte so leicht geschehen können.

Was der Ort und die Musik (es war ein und dasselbe) in seine Seele gesenkt, in seine Seele hatten steigen lassen, von oben, von unten, von nirgendwo, aus dem leeren Herzen der Welt, aus dem Nichts am Grund aller Dinge, war ein dunkles, alles verschlingendes Wasser. Das Wasser hatte in all den Jahren nicht aufgehört, seine Arbeit zu tun. Es war der Traum der Gewalt. Jonas war es nicht anders gegangen, das war klar, bei ihm war es dasselbe gewesen.

Ein böser Gott hatte all dies geschaffen, eine alte, uralte Kraft herrschte über den Ort. Ein magnetisches, schwarzes, satanisches Metall. Ein Mal, dieses eine Mal noch wollte, musste Arne es darauf ankommen lassen. Er legte seine Seele in die Hand des bösen Gottes und fand nicht die Kraft, die Vorstellung, dies zu tun, albern zu finden. Der Kitzel der Erregung ging vom Gaumen durch den Hals, die Brust, den Magen; er ging durch den Darm, die Hoden bis in die Knie, die schwach wurden und zitterten.

Die Schönheit des Ortes war dem bösen Gott geweiht, der alten Kraft untertan, Schwärze vom schwarzen Metall. Mochte sein, dass Arne sich auf den Juniabend freute, auf das Alleinsein, auf den Duft des Waldes. Er freute sich auf das Schweigen der Nacht und auf die Geräusche der eigenen Schritte, auf die Stimmen der Tiere und den Laut des Windes in den Bäumen. Glühwürmchen würden ihn begleiten auf seinem Weg hinauf zu der Stelle.

Im Mondlicht sahen die Felsen aus, als gehörten sie auf einen anderen Stern, oder als wären sie gerade erst von dem riesigen See freigegeben worden, der vor Jahrtausenden hier sich gebreitet hatte, weil Eis den Norden bedeckte und die von Süden kommenden Flüsse staute.

Arne freute sich, gewiss.

Aber die Freude war nur ein Instrument der magnetischen Kraft, ein Mittel, ihn zu locken, ihn noch tiefer in die Sucht zu treiben. Ihn in die Kälte zu ziehen. Ihn in ein reines Element der Macht zu verwandeln. Was bisher noch nicht geschehen war, eines Tages aber geschehen musste: heute vielleicht würde es geschehen. Was er bisher nicht getan hatte, obwohl das Bild dieser Tat allen seinen Gedanken zugrunde lag: heute vielleicht würde er es tun.

Kurz bevor er die Bushaltestelle erreicht hatte, die er automatisch ansteuerte, ohne auf den Weg zu achten, war er sich sicher, dass es heute geschehen, dass er es heute tun würde.

Es war, als wäre das Geflecht der Zeit fadenscheinig geworden; in aller Klarheit, einer noch nie erfahrenen Klarheit, sah er durch es hindurch. Es war ein Bild. In dem Bild war es bereits dunkel, aber am nördlichen Himmel stand noch der helle Streif der Juninächte. Arne trat aus dem Wald auf den Felsen, unter dem das Land gebreitet lag wie ein horchendes Tier, und dort saß bereits, nichts ahnend, dann aufschreckend, sein Opfer. Allein war es heraufgekommen, dem Ruf des Ortes, der Schönheit der Juninacht folgend. Die Augen, mit denen der Ort sich selbst anblickt, waren längst in alles eingeweiht, sie hatten alles vorausgewusst. Unsichtbare Hände hatten alles in die Wege geleitet.

Nicht weit vom Ort des Geschehens befinden sich zwei Felsen, die Adam und Eva genannt werden. Gottes erster Versuch, ein Menschenpaar auf die Erde zu setzen, war, so die Sage, gescheitert. Als er den beiden aus Lehm und den Säften und Salzen der Erde geformten Körpern seinen lebendigen Atem einhauchen wollte, war Satan ihm bereits zuvorgekommen und hatte den Geschöpfen seinen giftigen Atem eingehaucht. Auf diese Weise hatte das Böse in die Schöpfung Einzug gehalten. Gott war darüber so traurig, dass er viele Tränen vergoss. Er hörte nicht auf, zu weinen; schließlich fielen so viele Tränen zur Erde, dass alles bis dahin geschaffene Leben von ihnen verschlungen wurde. Adam und Eva gelang es noch, vor den Wassern auf den Hügel zu fliehen. Aber auch der Hügel wurde überflutet; Adam und Eva ertranken. Als nach langer Zeit das Wasser sich zurückzog und die Erde wieder freigegeben wurde, stand an der Stelle, an der das erste Menschenpaar den Tod gefunden hatte, das Felsenpaar.

Wie kann Jonas es vergessen haben, wie kann er es verdrängt haben, dachte Arne, als er an der Bushaltestelle stand und wartete. Es war unmöglich.

Als sie fünfzehn waren, hatten sie über die Sage gesprochen. Die Schöpfung, so wussten sie, ist nur eine zweite Schöpfung. Sie ist noch durchsetzt von den Elementen der ersten, ins Böse verkehrten Schöpfung. Die Felsen des Ortes waren ein solches Element; es kam darauf an, diese Elemente zu finden, ihre Kraft zu der eigenen Kraft zu machen, zu einer übermenschlichen, die zweite Schöpfung vernichtenden Kraft.

Es kam darauf an, töten zu können, getötet zu haben.

Kein Tier, die unschuldigen Einwohner, sondern Menschen, die schuldigen Verwalter der zweiten Schöpfung.

Nicht irgendwie, nicht als »Anschlag«, sondern als Opfer, Auge in Auge.

Als heilige Messe.

Es war ein Einverständnis, über das Arne und Jonas nicht eigens hatten zu reden brauchen. Es war klar, sie würden es tun. Sie warteten auf die Gelegenheit.

Black Metal: das war die Rückkehr in die erste Schöpfung. Bevor sie hinaufgingen zum Ort, wenn sie zurückkehrten vom Ort, hörten sie Musik, in Arnes oder Jonas' Zimmer. Sie luden sich auf.

Es war etwas Neues. Die Musiker, die diese Art von Musik in einen Aufstand gegen die zweiten Schöpfung, in eine Stimme der ersten Schöpfung verwandelt hatten, in Norwegen und anderswo, waren nur wenig älter als Arne und Jonas. Sie hatten bereits Kirchen angezündet, Morde begangen; sie spielten die finsterste je dagewesene Musik. Sie feierten die nordische Landschaft, den Winter, die Kälte, den Tod. Norwegen war das Zentrum. In den Heavy-Metal-Zeitschriften wurde fassungslos darüber berichtet, diese Bewegung durfte nicht dazugehören.

Sie gehörte aber dazu.

Sie würde alles verwandeln, es war kein Spiel mehr. Die Musik drang in die Seelen, wie keine Rockmusik zuvor jemals in die Seelen gedrungen war. In jeder Stadt, in beinahe jedem Dorf gab es Fünfzehnjährige, wie Arne und Jonas welche waren; man kannte einander nicht. Es war die kommende Gemeinschaft der Feinde von allem, was je dagewesen war. Nicht auszudenken, was sich daraus entwickeln würde. Es war die Revolution der Tiefe, der Leere im Zentrum der Natur, des Herzens des bösen Gottes.

In Wahrheit entwickelte sich nichts, geschah nichts. Die Musik wurde populär, manche der Musiker wurden Stars. Sie distanzierten sich von dem, was sie früher gesagt und getan hatten; sie waren jung gewesen; jetzt machten sie, wenn es hochkam, »Kunst«.

Es wurde zu einer angesagten Sache, mit der man prahlen konnte, wenn man in den sinistren Hintergrund eingeweiht war. Die vielen Nachahmer, die keine Stars und keine Künstler wurden, waren Langweiler, die nichts zu sagen hatten und nicht wussten, worum es anfangs gegangen war. Die Weiber mischten mit und taten wichtig, das war fast das schlimmste.

Jonas ging völlig auf in der Szene, es war sein Ding. Er traf Leute, schloss neue Freundschaften, besuchte Konzerte. Er schrieb für Zeitschriften, dann er fing er mit seinen Kurzgeschichten an. Wollte ebenfalls ein Künstler sein. Zum Musiker reichte es nicht, er beherrschte kein Instrument. Wenigstens das nicht, dachte Arne, der von allem nichts wissen wollte. Nicht dazugehörte. Es war der Bruch, aber es war ein paradoxer Bruch. Denn Jonas schien ja der zu sein, der sich treu geblieben war; er gehörte zur schwarzen Szene. Arne schien der zu sein, der sich verändert hatte, ein anderes Leben lebte. Er ließ sich nichts anmerken. Darauf kam es an, sich nichts anmerken zu lassen. Es für sich behalten. Er war froh, Marie zu haben, die anders war, von allem nichts wusste.

Die Bilder lebten. Wie war es möglich, dass Jonas den Verrat begangen hatte?

Wenn sie auf den Felsen standen, früher, in Stiefeln und Leder (ein paar Mal hatten sie ihre Gesichter so geschminkt, wie Marie es auf den CDs gesehen hatte), sprachen sie oft stundenlang kein Wort. Blickten nur in die Nacht, auf die Lichter, wurden Teil des Ortes, ausgestattet mit seiner Macht. Mit dem Schweigen wuchs die Kraft, sie konnte ins Unermessliche wachsen, wenn man es richtig anfing. Sie standen immer in einiger Entfernung voneinander, als müssten sie Platz lassen für den Körper der Kraft, der zwischen ihnen aufwuchs.

Hatte es nicht auch etwas Erotisches? Gewiss war es so. Arne musste an die beiden Zigarrenbürschchen denken, an das Schwulenvideo, an die Hunde im Park. An sich und Marie. In allem lag die Natur vor, sie hatte kein Geheimnis. Die Menschen taten so, als wäre die Natur das Geheimnisvolle; sie hatten Angst, zu benennen, was sie darüber wussten; die Sprache war nichts als das System dieser Angst. Bloß nicht wahrhaftig sein. Dabei war alles ganz klar, lag ganz klar vor.

Der Bus kam, hielt, die Türen öffneten sich, schlossen sich wieder. Der Bus fuhr los, in Richtung des Heimatdorfs. Arne war nicht eingestiegen. Er ging zum Café.

Jonas war schon da, saß drinnen; das passt zu ihm, dachte Arne, der draußen hatte sitzen wollen. Es war aber kein Tisch mehr frei gewesen, nur deshalb war Jonas hineingegangen.

Arne bestellte sich gleich ein großes helles Weizenbier. Seine Jacke behielt er an, wie um zu signalisieren, dass er nicht vorhatte, lange zu bleiben. Es war aber ohnehin kühl in dem dunklen Innenraum, und auch Jonas hatte sein schwarzes Jackett anbehalten. Er trug einen schwarzen Hut, auch den hatte er nicht abgenommen. Der Künstlerhut, dachte Arne, und hätte fast laut aufgegrölt, als er sah, wie unter dem Künstlerhut eine lange Haarsträhne hervorschaute, knapp neben dem linken Auge hing die Strähne. Er schämte sich, gekommen zu sein.

Das Bier kam, Arne schüttete es in einem Zug in sich hinunter. Es schmeckte nicht viel besser als die flüssig gewordene

Welt, als er sie vorhin in sich hinuntergeschüttet hatte. Jonas weiß nicht, dass die Welt schon ausgetrunken ist, dachte Arne; er bestellte sich noch ein Bier.

Der Schwarzkittel hatte eine Mappe dabei; was will er wieder zeigen, dachte Arne. Immer hatte Jonas etwas zu zeigen. Beim letzten Mal waren es einige Rezensionen zu seinem zweiten Buch gewesen; sogar in einigen größeren Tageszeitungen waren Rezensionen erschienen, darauf war Jonas stolz gewesen. Er musste es vorzeigen, hatte eigens Kopien angefertigt. Herzlichen Glückwunsch, hatte Arne gesagt.

Was ist es jetzt wieder.

Bald erscheint mein drittes Buch, sagte Jonas. Er redet nur von sich, dachte Arne, dem es andererseits recht war, nichts erzählen zu müssen.

Schon wieder eins, sagte Arne, und überlegte gleich, ob das zu gelangweilt geklungen hatte. Vorsichtshalber machte er große Augen, wie um zu zeigen, dass er über Jonas' Produktivität erstaunt war.

Ja, neue Erzählungen, mit Illustrationen von Inka Ems, sagte Jonas.

Es klang so, als müsste Arne wissen, wer Inka Ems ist, er wusste es aber nicht. Ems wie emsig, dachte er. Gleich würde Jonas emsig die Illustrationen aus der Mappe holen und sie erwartungsvoll Arne vorlegen, der bereits überlegte, wie er sich am besten aus der Affäre zog. Er kramte nach Wörtern, die er sagen könnte; »hübsch«, »nett«, »bemerkenswert« oder einfach: »oh«. Er wollte sich nichts anmerken lassen, sich aber auch nicht verbiegen. Nicht vor sich als Lügner dastehen, auch wenn es bereits gelogen war, überhaupt hergekommen zu sein.

Bei jedem Wort, das er fand, war ihm, als bekäme er ein Messer in den Bauch gerammt.

Das Bier kam, noch ein großes Weizenbier. Er wollte es gleich wieder austrinken, möglichst in einem Zug, entschied sich aber dagegen. Trank nichts, nippte nur und stellte das Glas wieder auf den Tisch.

Eine der Geschichten handelt von uns, sagte Jonas.

So, sagte Arne.

Ja, wie wir immer hinaufgegangen sind zu den Felsen im Wald, zu der Aussichtsstelle, weißt du noch.

Hat er wirklich gerade »weißt du noch« gesagt, dachte Arne, der fühlte, wie ihm das Blut in den Kopf schoss.

Wie wir da gestanden sind, ganze Nächte lang, von der Musik inspiriert.

Inspiriert, sagte Arne fragend; ihm wurde schwindlig.

Das war eine krasse Zeit, sagte Jonas. Heute sitzen doch alle nur noch vor ihren Bildschirmen, chatten im Internet, lungern herum. In der Musik, die sie sich herunterladen, geht es um die Natur, das Geheimnisvolle, die Magie. Aber die Leute sitzen vor den Bildschirmen, laden sich die Musik herunter, tragen ihre Lederjacken und denken, das wäre alles. Wir haben das alles gelebt, findest du nicht. Das war doch etwas ganz anderes früher.

Hat er wirklich gerade »Magie« gesagt, dachte Arne. Er antwortete nichts. Die ganze Szene kam ihm unwirklich vor, er musste erst zu sich finden.

Was schaust du so, sagte Jonas. Hier, die Illustration. Inka Ems ist eine großartige Künstlerin.

Ich weiß nicht, wer Inka Ems ist, sagte Arne.

Es war der letzte Versuch, sich zu beruhigen. Die Wut erzeugte etwas wie Seifenblasen in seinem Magen; mühelos durchdrangen die Blasen die Magenwände, schwebten in die anderen Organe des Körpers. Durch die Organe hindurch bis hinauf in die Kehle, in den Mund, ins Gehirn. Einige der Blasen platzten, Arne konnte die leisen Platzgeräusche hören.

Auf dem Blatt, das Jonas Arne hinhielt, war eine Federzeichnung zu sehen. Der Wald, die Felsen, man erkannte sofort den Ort. Mond und Sterne, eine Eule. Auf den Felsen Arne und Jonas, klein, karikaturenhaft, in Stiefeln, mit langen Haaren.

Arne sagte nichts, sein Gesicht musste Bände sprechen.

Jonas sah enttäuscht aus.

Arne überlegte, ob er ihm mit der Faust ins Gesicht schlagen sollte. Ihm die Nase brechen. Er war jetzt randvoll mit den Seifenblasen, sein Magen quoll über. So viele Blasen, wie aus dem Magen nachquollen, konnten gar nicht an den Rändern des Körpers zerplatzen.

Keine Sorge, die Geschichte wird dir gefallen, sagte Jonas. Es weiß ja niemand, dass du und ich es sind. Einfach zwei Jugendliche, die in den Wald gehen und in die Nacht blicken, um die Magie zu spüren. Um alleine mit der Natur zu sein und den Black Metal zu leben, ohne Rücksicht auf die Gesellschaft.

Er hat nicht nur alles vergessen, sondern von Anfang an nichts begriffen, dachte Arne.

Die Geschichte hat auch phantastische Elemente, Phantastisches spielt hinein.

Arne sagte nichts.

Was schaust du so. Ich weiß, du hast dich sehr verändert, sagte Jonas. Dir bedeutet das alles nichts mehr, im Gegensatz zu mir.

Arne sprang auf; sein Stuhl schrammte laut über den Boden, fiel um. Die Seifenblasen in seinem Inneren wurden heiß und kochten; ihm war, als quollen sie jetzt aus seiner Haut nach außen.

Jonas schaute ihn fragend an. Arne kramte in seiner Hosentasche und legte Münzen auf den Tisch.

Was machst du, sagte Jonas, gehst du, wollte er wissen.

Die Seifenblasen waren jetzt zerkocht. Übrig war nur ein Schaum, der binnen einer Sekunde kalt wurde, in der nächsten Sekunde schon gefror. Als Schnee fiel der Schaum in Arnes Inneres zurück, in seine Tiefe, auf seinen Grund. Eine Winterlandschaft öffnete sich, ein Sternenhimmel, eine Klarheit. Ich hätte ins Dorf fahren sollen, dachte Arne.

Die Klarheit und die Kälte waren sein Element. War er eben noch außer sich gewesen, so war er jetzt bei sich, wusste genau, was er tat. Du dumme Sau hältst jetzt das Maul, sagte er zu Jonas.

Ob es eine Schlägerei gibt, dachte Arne, aber er hatte sich im Griff.

Er ging zu Jonas, nahm ihm den Hut vom Kopf, legte den Hut auf den Tisch. Jonas blieb sitzen, wagte nicht, etwas zu sagen. Man sah ihm an, dass er Angst hatte, das gefiel Arne.

Dann nahm er das Glas und goss Bier auf Jonas' Kopf. Er bemühte sich, sehr langsam zu gießen, er wollte etwas davon haben.

Warum springt er nicht auf, dachte Arne, warum wehrt er sich nicht. Jonas' Hände befanden sich neben den Beinen auf dem Sitzpolster; er schien sich darauf abzustützen. Er saß kerzengerade, aber den Kopf hielt er nach vorn gebeugt, so dass Arne ihm nicht ins Gesicht sehen konnte. Das Bier troff von Jonas' Kopf direkt auf seine Hose. Es troff auf den Boden, wo eine Lache sich bildete. Es troff auf den Rand des Tischs, wo die Mappe lag. Erst recht musste es unter Jonas' Hemd her über Brust und Bauch laufen, über den Rücken. Man sah, wie der Oberkörper unter der kalten Flüssigkeit zitterte und sich wand, ohne dass Jonas, der offenbar bemüht war, still zu sitzen, etwas dagegen tun konnte.

Das Polster der Sitzbank wurde nass. Es wird gereinigt werden müssen, dachte Arne, ich werde eine Rechnung bekommen. Bestimmt gibt es Hausverbot, es war ihm egal.

Er wunderte sich, dass niemand eingriff, auch der Kellner nicht. Entweder trauten sich die Leute nicht, oder es war noch nicht bemerkt worden, was gerade passierte. Soweit Arne darauf geachtet hatte, waren nur in den entfernteren Ecken des Raums Gäste gewesen, nicht aber an den Nachbartischen. Die meisten saßen ja draußen in der Sonne. Er sah sich nicht um, vielleicht wäre er dann unsicher geworden.

Als das Glas zu etwa zwei Dritteln geleert war, schüttete Arne das restliche Bier mit etwas Schwung in Jonas' Nacken. Es klatschte, Arne freute sich über das Geräusch. Dann stellte er das Glas auf den Tisch und wartete ein paar Augenblicke ab.

Jonas gab keinen Laut von sich, hielt noch immer den Kopf gesenkt. Dann stand er ruckartig auf, machte, offenbar frierend, einen Buckel und blickte aus nassen, wie entzündeten Augen Arne an.

Hasserfüllt sieht das aus, fand dieser; immerhin das.

Jonas' Mund zitterte leicht, das Gesicht war rot angelaufen, den Unterkiefer hatte er vorgeschoben. Eigentlich übertrieben, dachte Arne, es war ja nur ein halber Liter Bier gewesen. So nass kann er gar nicht sein, dass es diese Fresse rechtfertigt. Wie kann man sich so aufführen.

Dein Hipsterscheitel tropft, sagte Arne. Und dann, schon im Weggehen, sich noch einmal kurz umwendend: Du wärst damals das perfekte Opfer gewesen. Leider weiß ich es erst jetzt.

Draußen war es heiß. Keine Wolke mehr am Himmel. Noch war etwas Zeit, Arne wollte nicht gleich zu Marie gehen. Sie sollte ihm nicht anmerken, dass etwas gewesen war oder etwas nicht stimmte.

Es war ja nichts, dachte er, es ist nichts geschehen. Aber er wollte sichergehen. Sein Kopf brummte ein wenig.

Vielleicht hatte er einen Fehler gemacht. Er bereute ihn nicht. Er würde sich nicht bei Jonas entschuldigen, das war klar. Er würde ihn nicht mehr treffen, Jonas war Vergangenheit. Es sei denn, der Zufall wollte es, dann war es nicht zu ändern. Man konnte es nicht ausschließen. In der Stadt, im Dorf konnte man einander jederzeit über den Weg laufen.

Jonas würde sich nicht rächen wollen, dazu war er zu feige. Das Bürschchen wusste jetzt ganz einfach, woran es war. Oder weiß er es nicht, dachte Arne; was, wenn er von Anfang an nichts, nicht das geringste begriffen hat. Wenn er auch jetzt noch nichts begriffen hat. Aber es konnte nicht sein, so dumm konnte keiner sein. Ist Jonas wirklich so dumm, fragte sich Arne, und musste die Frage verneinen.

Vielleicht hat Jonas im Leben manches besser gemacht als du.

Marie rief an. Sie hatte sich schon fertiggemacht. Ob sie nicht in ein, zwei Stunden in die Stadt kommen solle, Arne könne sich doch den Umweg sparen.

Nein, sagte Arne, ich hole dich ab. In spätestens zwei Stunden bin ich da. Lass uns was Schönes machen, heute Abend, das ganze Wochenende. Alles, was du möchtest, sagte er.

Er wunderte sich, dass er das gesagt hatte, und wie er es gesagt hatte. Er spürte einen Kloß im Hals, hatte Tränen in den Augen. Am liebsten hätte er losgeheult. Er wollte auf der Stelle bei Marie sein.

War etwas ungeschehen zu machen? Es war ja nichts geschehen.

Er setzte sich noch einmal auf die Bank, auf der er nach dem Mittagessen gesessen und die Hunde angesehen hatte, unter den Linden.

Die Wiese war jetzt leer. In der Abendsonne, die noch immer heißer zu werden schien, gehörte sie zu einem Sein jenseits von Ort und Ortlosigkeit, wie herausgefallen aus der gewohnten Ordnung. Es war ein Bild, anders als die anderen Bilder.

Es war etwas Neues. Mochte sein, dass es einfach das Normale war. Es handelte sich um etwas, das vorläufig genügte. Gab es Glück in dieser Vorläufigkeit, in diesem Normalen?

Vielleicht können wir glücklich werden, wenn wir unser Leben als die Summe dessen begreifen, was nicht geschah.

Er schrieb den Gedanken in sein Heft.

Arne und Marie. Er und ich.

Marie stand auf dem Balkon, blickte auf den Garten, die Bäume, die anderen Häuser. In der Höhe kreisten Schwalben, um die Ecken der Häuser schossen die Mauersegler mit ihrem lauten Kreischen. Es war ein Geräusch, das sie berührte; sie wusste nie, ob sie es heiter oder traurig finden sollte. Ob die Vögel sich freuten oder klagten, feierten oder in Panik waren. Angst hatten. Woher sollte sie es wissen, vielleicht konnte niemand es wissen. Arne hätte gesagt, es ist die Natur. Damit wusste sie oft nichts anzufangen, auch wenn sie es mochte, wie Arne über die Natur sprach. Er schien ein System daraus zu machen, er war ja Philosoph. Marie war nicht dümmer als er, Arne wusste das. Sie hatte ja studiert wie er, las viel. Aber im Grunde genügten ihr die Bilder einer Sache, das Kommen und Gehen der Gefühle. Sie brauchte nicht alles genau zu wissen, grübelte nicht gerne (aber jetzt grübelte sie doch ein wenig).

Sie hatte ihr blaues Kleid angezogen. Ob ich lieber das grüne anziehen sollte, dachte Marie, zu dem Sommerabend passt vielleicht besser das grüne. Oder stimmt das gar nicht, der Himmel war ja blau. Alle Wolken hatten sich verzogen; das Blau des Kleides war kaum dunkler als das Blau des Himmels.

Sie wollte das blaue. Arne gefielen, soweit sie wusste, beide Kleider gleich gut. Sie wollte, dass er sie heute Abend schön fand.

Zu dem blauen Kleid gehörte wie selbstverständlich ein blaues Halstuch, so wie zu dem grünen Kleid ein grünes Halstuch gehörte. Marie trug ungern Schmuck, aber ohne Halstuch kam sie sich nackt vor, wenn sie ausging.

Ist das nicht zu warm, fragte Arne manchmal.

Aber es waren keine breiten, fülligen Halstücher, die sie trug, sondern schmale; sie waren aus glattem, kühlem Stoff. Ob alle Frauen, die Halstücher tragen, im Bett gewürgt werden wollen, hatte Arne einmal gefragt und gelacht. Marie hatte auch gelacht, aber keine Antwort gewusst. Woher sollte sie etwas über die anderen Frauen wissen. Ihre Freundinnen, ja, über die wusste sie einiges. Ganz normal waren doch die wenigsten, und was war schon das Normale.

Durchs Handy hatte Arne so nah und liebevoll geklungen, jetzt freute sie sich noch mehr auf den Abend, auf das Wochenende. Dass sie etwas zusammen machen würden, wegfahren vielleicht. Dass er das gesagt hatte, und wie er es gesagt hatte. Irgendwie verletzlich.

Manchmal war das Trennende da, eine von Arne ausgehende Kälte; er glaubte vielleicht, Marie spüre es nicht. Sie nahm es ihm nicht übel, glaubte nicht, dass es etwas mit ihr zu tun hatte. Sie vertraute Arne. Eher tat er ihr dann leid. Eine Unruhe schien ihn manchmal von den Dingen abzuziehen. Von ihr, Marie, abzuziehen, ohne dass er etwas dagegen tun konnte.

Gegen die Fremdheit.

Es war ihm anzumerken, dass er darunter litt. Dann war eben das Trennende da, und sie mussten warten, bis es vorüberging. Sie sprachen nicht darüber, es war klar, dass Arne nicht wusste, dass sie es wusste. Es war nichts Schlimmes. Es gab keinen Grund, darüber zu reden.

Wieder überlegte sie, ob das Blau des Kleides zum Sommertag passte. Es war nicht ganz das Blau des Himmels.

Kam das Blau, das sie trug, in der Natur vor?

Sie stellte sich vor, sie wäre jetzt mit Arne im Freien, in der Landschaft, an einem Punkt mit Aussicht. Auf dem Hügel vielleicht in der Nähe von Arnes Kindheitsdorf. Blickten sie von einem der Felsen, die sich oben im Wald befanden, ins Weite, so mochten die fernen Linien und Wellen, die hinter der näheren Umgebung aufragten, genau den Blauton annehmen, den sie gerade trug. Es war ein irdischeres, körnigeres Blau als das des Himmels, und doch von dessen Licht durchdrungen, Licht von seinem Licht.

Aber doch auch im Winter gab es solch ein Blau, fiel Marie ein. Es war das Blau von unberührten Schneeflächen, wenn es Abend wurde unter hohen, undurchlässigen Stratuswolken. Das Licht schien dann nicht von oben, sondern von unten zu kommen, aus der Erde; alles Sichtbare wurde zu einem Zwischenreich jenseits von Heimat und Fremde; eine unbeschreibliche Sehnsucht ohne Ziel konnte einen zu solcher Stunde befallen.

Marie dachte an das Bild des Weihers, das vor ihr aufgetaucht war, als sie sich Arnes CDs angesehen hatte. Sie dachte daran, wie romantisch Arne sein konnte, und dass er trotzdem das Wort nicht mochte. Romantisch: das war er einfach, er brauchte nicht darüber zu sprechen, fand Marie. Manchmal aber ging es soweit, dass er sich verleugnete, warum tut er das, es braucht doch nicht zu sein. Marie fand, dass es das beste war, einfach alles, was man war, zuzulassen, es konnte doch nichts geschehen.

Arne und Marie standen am Weiher, der zugefroren war. Hinter dem Weiher lag, während es dunkel wurde, ein schneebedeckter Hügel, der aussah wie aus Glas. Komm, Arne, wir gehen ins Blaue. Dort ist das Trennende nicht, die Unruhe nicht, die Kälte nicht. Nur wir sind dort, grenzenlos, in der Wärme des Kristalls.

Ich spinne nur ein bisschen, dachte Marie, es ist die plötzliche Hitze. Weil ich die Hitze nicht abkann, denke ich wirres Zeug. Es war schönes Zeug. Wirres, schönes Zeug.

Erst wenn man das Kreischen der Mauersegler, die immer in Gruppen unterwegs sind, auf die Einzelstimmen hin durchdringt, dachte Marie, hört man, dass es ein feines, helles Pfeifen ist, gläsern fast. Als wäre es der Klang des Hügels hinter dem Weiher, den Marie sah.

Sie setzte sich, schloss die Augen, das Bild wich nicht. Wie Bilder manchmal eben nicht weichen. Sie steigen aus uns herauf, sinken in uns hinab; es ist das Leben.

Das Bild war jetzt eine blaue Fläche mit zwei Gestalten darin, verschwommen, wie hinter dichtem Schneetreiben. Sie hatten die letzte Grenze passiert, jetzt waren sie allein. Arne und Marie. Er und ich. Es gab nichts Trennendes mehr.

Die blaue Fläche verwandelte sich in Wasser, ein ruhiger Strom. Arne und Marie versanken in diesem Wasser, es war der Frieden. Sie fuhren auf diesem Wasser dahin, sie waren ein Schiff.

Blickten einander in die Augen, hielten einander fest. Trieben auf dem Wasser ins Grenzenlose.

Ich halte ihn fest, darauf kommt es an, dachte Marie. Im Grenzenlosen durften sie einander nicht mehr loslassen. Einander festzuhalten, darauf kam alles an.

Es gab nichts mehr außer dem, was sie gerade waren. Marie ließ sich fallen, sie sank, Arne hielt sie fest. Lass dich fallen, Arne, ins Blaue sinken, für immer halte ich dich fest.

DAS NEUE LEBEN

Kurt sagt, er habe seinen Ohren nicht getraut, als Konrad ihm mitgeteilt habe, er wolle in eines der Lager gehen, für immer. Spät abends sei der Anruf gekommen. Er, Konrad, wolle sein Leben lieber als Toter unter Toten zu Ende bringen, als stets nur wieder, jede Sekunde, an sein baldiges Sterben erinnert zu werden, wie es der Brauch der Lebenden sei. Dieser uralte, abscheuliche, würdelose Brauch, da mache er nicht mit.

Gewiss könne er sich auch umbringen.

Aber über den Selbstmord sei er jetzt hinaus, er wolle ins Lager. Vielleicht, soll Konrad zu Kurt gesagt haben, habe ich dort noch eine Weile. Eine ob auch kurze Weile, wenn ich nur die Schuld vergessen kann.

Am Fortleben, am bloßen Fortexistieren liege ja nichts, alles aber daran, eine Weile zu haben, die entscheidende Weile. Und im Hier und Jetzt, außerhalb des Lagers, könne davon, das sei klar, nicht die Rede sein. Kein im Hier und Jetzt lebender Mensch könne, seitdem der neue Krieg, dieser vielleicht niemals mehr zu beendende, endgültige Krieg ausgebrochen sei, noch von sich behaupten, eine Weile zu haben. Zweifellos sei dies der Grund, weshalb jetzt so viele Menschen in die Lager gingen.

Kurt sagt, er habe nicht genau verstanden gehabt, was Konrad mit alledem hatte sagen wollen. Er, Kurt, habe zu diesem Zeitpunkt noch keineswegs erfassen können, von was für einer Schuld Konrad gesprochen habe; das Wort »Schuld« sei der dunkelste Punkt in des Freundes gesamter dunkler Rede gewesen.

Weder sei er, Kurt, sich einer eigenen Schuld bewusst gewesen, noch habe er je in Betracht gezogen, Konrad einer Schuld, was für immer einer Schuld zu bezichtigen. Oder war die Kriegsschuld gemeint, und Konrad hatte in seiner Verzweiflung eine – natürlich abwegige – Verbindung herstellen wollen zwischen seiner Krebserkrankung und dem Krieg?

Die kürzeste Weile, soll Konrad gesagt haben, die mir im Lager noch bleibt, wird länger gewesen sein als das ewige Verenden hier unter euch Lebenden, die ihr nicht vergessen könnt, weil ihr es nicht gelernt habt, zu vergessen, weil niemand es euch beigebracht hat, das Vergessen. War es nicht aber illusorisch, zu glauben, im Lager ließen sich der Krieg und die Schuld an dem Krieg, der, wie man sich erzählte, auch eigens gegen die entlang der westlichen Grenze entstandenen Lager geführt wurde, einfach – vergessen?

Kurt sagt, er sei sich nach dem Anruf keineswegs sicher gewesen, ob das Wort »Schuld« sich auf den Krieg bezogen habe, oder ob nicht doch eine andere, persönliche, von dem Freund bisher verheimlichte und auch jetzt noch verheimlichte Schuld gemeint gewesen sei. Sicher sei, dass Konrad sich vorgenommen habe, in dem Lager eine Schuld zu vergessen. Das Vergessen, so Kurt, sei zweifellos der fragwürdigste Punkt an der ganzen Angelegenheit. Es sei ja sicher, also sozusagen bewiesen, dass kein Mensch sich zum Vergessen zwingen könne;

und erst recht die Schuld sei kein möglicher Gegenstand eines Vergessens, das sei klar.

Kein Mensch könne eine Schuld, gleich was für eine Schuld vergessen, so Kurt, und zwar unabhängig davon, ob es sich um eine eigene oder eine fremde Schuld handle.

Kurt sagt, er habe sich nicht getraut, die genaue Bedeutung von Konrads Rede zu erfragen. Vielmehr habe er, während Konrad sprach, daran denken müssen, dass der Freund noch wenige Tage zuvor vorgehabt hatte, sich umzubringen. Seit der Diagnose sei der Entschluss, sich zu töten, in Konrad von Tag zu Tag fester geworden. Er, Kurt, habe, als am späten Abend das Telefon klingelte, fest damit gerechnet, es handle sich um die Nachricht von Konrads Selbstmord. In den Schnee, sagt Kurt, habe der Kranke sich legen wollen, um zu erfrieren, ganz friedlich.

Er, Kurt, habe gefunden, das sei ein guter Plan.

Ich würde genau so handeln, will er zu Konrad gesagt haben; im Falle einer unheilbaren Krankheit werde ich es genau so machen wie du, auch ich werde mich in den Schnee legen. Vielleicht gelingt es dir, will Kurt zu Konrad gesagt haben, während des Erfrierens zu lächeln. Ein lächelnder Toter wirst du sein. Stell dir vor, wie das wäre, mit einem Lächeln auf den Lippen gefunden zu werden; ein wunderbarer, makelloser Toter wirst du sein, wie unberührt von der Krankheit, und unberührt von der schlimmen Frist des Sterbens.

Es sei dann ein kurzer, aber heftiger Schock gewesen, Konrads Stimme zu hören. Ihn lebendig zu wissen.

Für eine Sekunde sei es gewesen wie ein Anruf aus dem Reich der Toten. Und ebenso schockierend wie die bloße Tatsache des Anrufs sei Konrads Rückfall hinter das eigene Selbstmordvorhaben gewesen. Kurt sagt, in diesem Augenblick habe er gedacht, etwas Geheimnisvolles müsse in Konrad vorgegangen sein, vielleicht sei er sogar verrückt geworden.

Der Koffer ist schon gepackt, soll Konrad gesagt haben, ein nicht einmal großer Koffer, mehr braucht man nicht im Lager. Vor der ersten Helle müssen wir aufbrechen, das ist das Letzte, worum ich dich bitte, morgen früh mich in das Lager zu bringen.

Kurt sagt, nach dem ersten Schock sei in ihm unheimlicherweise nicht der geringste Widerstand gegen den Entschluss des Freundes gewesen. Es sei ihm selbstverständlich vorgekommen, am nächsten Morgen für ihn da zu sein, ihn in das Lager zu fahren, niemals ihn wiederzusehen.

Die Angst kam erst in der Nacht.

Kurt sagt, er habe nicht geschlafen, niemand wisse ja genau, was es auf sich habe mit den Lagern, wie viele Menschen schon – offenbar freiwillig – darin verschwunden seien; auch an der Freiwilligkeit von Konrads Entschluss habe zu keinem Zeitpunkt gezweifelt werden können. Unheimlich sei es aber doch. Kurt sagt, die Lage sei undurchsichtig, seitdem die Bundesregierung und alle anderen Regierungen den Medien jede noch so flüchtige Erwähnung der Lager verboten hätten. Von Tag zu Tag werde deutlicher, dass es sich bei dem Krieg um einen vor allem gegen die Lager geführten Krieg handle. Die Absurdität von Konrads Vorhaben, in eines dieser Lager zu gehen, statt sich in den Schnee zu legen, habe ihn, Kurt, in der Nacht beinahe um den Verstand gebracht.

Ursprünglich, so Kurt, soll es sich um Lager für die Armen gehandelt haben, aber Konrad sei nicht arm, und es sei zu vermuten, dass längst auch andere Personenkreise – die Kranken, die Hilflosen, die Unbeliebten, die Schwermütigen – die Existenzform des Lagers für sich entdeckt haben und dafür den Preis der radikalen irreversiblen Absonderung bezahlen. In der Tat, sagt Kurt, sei kein einziger Fall bekannt, dass eine in ein Lager gegangene Person jemals zurückgekehrt, jemals überhaupt wiedergesehen worden sei. Besucher, das sei klar, dürften ja nicht in die Lager; sie würden, das wisse man, nicht einmal in die Nähe gelassen. Auch er, das sei von Anfang an klar gewesen, würde seinen Freund nur an den äußersten Rand der Zone bringen können, in der sich die Lager befinden.

Wie nun aber Konrad zu seinem Wissen um die Lager gekommen sei und den Kontakt hergestellt habe, das bleibe rätselhaft. Im Grunde gebe es bislang gar keine geklärten, sondern nur rätselhafte Fälle von in den Lagern verschwundenen Personen, und so sehr diese Fälle sich in der letzten Zeit gehäuft hätten, sei ihm, Kurt, kein einziger geklärter Fall bekannt.

Während der Autofahrt habe Kurt den Eindruck gehabt – und eben auch dies sei rätselhaft zu nennen –, Konrad besitze eine sehr exakte Kenntnis der Verhältnisse in den Lagern. Es sei die Rede gewesen von der Vision eines völlig neuartigen »Lebens ohne Bedeutung«. Die Möglichkeit und Wirklichkeit eines solchen »Lebens ohne Bedeutung« soll von Konrad als das vielleicht Größte bezeichnet worden sein, was die Menschheit in ihrer verzweifelten Geschichte erreicht habe; es handle sich um einen Plan, für den es sich lohne, sämtliche existierenden Staats-, Religions- und Gesellschaftsformen zu zerstören.

Am frühen Morgen soll alles wie am Schnürchen gelaufen sein und kam doch anders als erwartet.

Konrad befahl, das Auto in Gang zu setzen und auf der Autobahn in Richtung des Gebirges zu fahren. Nach einiger Zeit, in der sie über das neue Leben gesprochen hatten, wusste er nicht mehr weiter. Obwohl es bereits hell wurde (Kurt: »Sind wir zu spät?« – Konrad: »Nein!«), verloren die beiden Freunde die Orientierung und fuhren auf einer breiten Straße, von der sie nicht wussten, ob es sich noch um die Autobahn handelte, durch ein ihnen unbekanntes schneeloses und vegetationsloses Gebirgstal.

Plötzlich wurde es wieder dunkel, so dunkel, dass die Fahrt nicht fortgesetzt werden konnte. Wie man nicht weiter kann, wenn es so stark regnet, dass die Scheibenwischer gegen die Wassermassen nicht ankommen, mussten Kurt und Konrad jetzt anhalten, weil die Scheinwerfer gegen die sich verstärkende Dunkelheit nicht ankamen. Es war eine Schwärze, die sich immer dichter um das Auto zusammenzog.

Dann ging es zu Fuß weiter, durch die Finsternis, bergan, keinem sichtbaren Zeichen, sondern einer inneren Witterung folgend. Kurt trug Konrads Koffer. Der Weg wurde steiler, die Straße hatten sie längst verlassen; aber es wurde langsam wieder etwas heller, und bald war deutlich zu erkennen, dass sie sich über ein Geröllfeld einem knapp unter einem Gipfel gelegenen Grat annäherten, auf dem riesige Felsblöcke lagerten.

Oben angekommen, nach einer unbestimmten Zeit, die sie schweigend gegangen waren, sagte Konrad: »Da sind wir.«

Auf einem der kleineren Felsblöcke saßen – von weitem waren sie nicht zu erkennen gewesen – zwei bewaffnete Männer in

Kampfanzügen. Kurt bekam einen Schreck; an Flucht wäre jetzt nicht mehr zu denken gewesen. Sie hatten aber offenbar auf Konrad gewartet, winkten, und einer der beiden rief, in die Ebene jenseits des Grats deutend: »Nun schnell, bald ist es zu spät. Bald kommt niemand mehr durch zu den westlichen Lagern; noch heute, heißt es, werden sie angegriffen.«

Es war Wahnsinn.

Da ging also sein Freund Konrad, »um noch eine Weile zu haben«, wie er gesagt hatte, in ein Lager, das vielleicht noch heute dem Erdboden gleichgemacht würde. Der Westen war Kriegsgebiet, das wusste man, in den Zeitungen wurde darüber berichtet. Täglich gab es Neuigkeiten, ohne dass man Genaues oder überhaupt Glaubhaftes erfuhr; niemand konnte sagen, wie viele Menschen bereits gestorben waren. Das Wort »Lager« freilich kam in keinem einzigen Bericht vor. Und wo sollten sie auch sein, die Lager im Westen?

In der weiten Ebene, durch die sich die Grenze zog, war nichts zu sehen; sie lag rötlich und menschenleer im Morgenlicht, es hätte auf dem Mars sein können. Zu Füßen des fernen Gebirges, das im Nachbarland die Ebene abschloss, spielte das Rot ins Grün; die Landschaft lag in äußerster Klarheit; kein Nebel. So weit das Auge reichte: nichts.

War es nur ein Spiel, eine Inszenierung?

Jetzt nahm Konrad den Koffer aus Kurts Hand und verschwand hinter einem der Felsblöcke, nicht ohne sich noch einmal umzudrehen und seinem Freund merkwürdig tonlos zuzurufen: »Das neue Leben hat begonnen!«

Der weitere Weg lag Kurt klar vor Augen. Hinter ihm hatte die Schwärze sich wieder verdichtet; unmöglich, alleine zum Auto zurückzufinden. Auch hätten, das war klar, die Soldaten oder Rebellen oder was sie waren, ihn nicht in diese Richtung zurückgehen lassen. Sein Weg war ein anderer; etwas nur für ihn Bestimmtes wartete jetzt auf Kurt.

Er kletterte durch einen zwischen zwei Blöcken klaffenden engen Spalt und sah steil unten, in einem Krater, ein riesiges, sehr altes (wie er gleich wusste) Amphitheater liegen.

Eine schmale Treppe führte hinab.

Mit jeder Stufe, die er nahm, fühlte Kurt sich steinerner, zeitloser werden; er schlief; es mochten Jahrhunderte sein. Zu seinem Erstaunen sah er zu seiner Rechten, als er erwachte, ein Kassenhäuschen mit dahinter aufgebauter Garderobe. Er zahlte mit einigen Münzen, die ihm offenbar zugesteckt worden waren – den Namen der Währung kannte er nicht –, gab seinen Mantel ab und betrat den neben dem Amphitheater (das nicht mehr genutzt wurde?) liegenden modernen Anbau.

Er kam in ein blaues Zimmer.

Es handelte sich um ein Aquarium; hinter dickem Glas schwamm in einer blauen Flüssigkeit, die dicker war als Wasser und ölig zu sein schien, ein aufgedunsener Mann, dem man den Mund und die Augen zugenäht hatte, und dessen Wahrnehmung, wie Kurt gleich wusste (woher?), eine unendliche war.

Da, mit einem Ruck, erkannte er, dass er selbst dieser Mann war. Aber dieser Ruck war kein Erschrecken, auch kein zusätzliches Erwachen, sondern ein Innewerden, heller als jede Wachheit, tiefer als jeder Schlaf, ein Innewerden jenseits von Wachheit und Schlaf. Es war ein Erkennen von Ewigkeit zu Ewigkeit.

Dann fasste die freundliche blonde Dame, die ihn hereingelassen hatte, ihn am Arm, gab ihm seinen Mantel zurück, führte ihn eine Treppe hinunter und durch einen Tunnel, in dem es nach Putzmittel roch, nach draußen.

Kurt bedankte sich; auf dem Parkplatz stand, offenbar frisch gewaschen, sein Auto.

Nur ein paar Vorbereitungen, sagt Kurt jetzt, wären noch zu treffen gewesen. Da ich nun wusste, sagt er, was jeder Mensch in einem bestimmten Augenblick seines Lebens erfährt, hätte es nicht mehr lange gedauert, bis ich in eines der Lager gegangen wäre.

Aber die Lager existieren nicht mehr.

Konrad lebt nicht mehr.

Als ich am Tag nach seinem Gang ins Lager und nach meinem Erlebnis in dem Krater in der Zeitung nach den Nachrichten über die Vorgänge im Westen suchte und auf die Schlagzeile stieß, Neuigkeiten aus dem Kriegsgebiet gäbe es nicht, wusste ich gleich, dass etwas Furchtbares geschehen war.

Jetzt bleibt uns nichts, sagt Kurt, als zu warten.

In dem Wissen zu warten, dass wir die Schuld nicht vergessen können und keine Weile uns mehr vergönnt ist.

Der Plan ist gescheitert. Der Krieg ist verloren, auch wenn niemand ihn beenden wird, weil er nicht mehr zu beenden ist.

Aber es ist nicht schlimm, sagt Kurt, während es draußen zu schneien begonnen hat. Das Leben wird sein, als hätten wir uns bereits in den Schnee gelegt, lächelnd. Bald wird niemand mehr wissen, was es heißt, eine Weile zu haben; es wird sein, als gäbe es das nicht.

Es tut nicht weh. Ohne Weile warten zu können, sagt Kurt, heißt, vergessen zu haben, dass wir nichts vergessen können.

Es gibt ja nichts zu vergessen.

Es tut nicht weh.

Kurt lächelt.